Herderbücherei

Band 685

Die Autoren

Dr. Elisabeth Noelle-Neumann, Allensbach, Leiterin des Instituts für Demoskopie, Professor für Publizistik an der Universität Mainz.

Minna von Alth, Wien, 24 Jahre in der Theaterdramaturgie, freie Journalistin im Fernsehen, im Rundfunk und in der Presse.

Grete Borgmann, Freiburg, Vizepräsidentin des Deutschen Frauenrings (DFR).

Brigitte Erler, Bonn, Mitglied des Deutschen Bundestages.

Dr. Dorothea Frandsen, Bonn, Ministerialrat im Bundesministerium des Innern bis 1974, seit 1976 Vorsitzende des Deutschen Akademikerinnenbundes (DAB).

Liselotte Funcke, Vizepräsident des Deutschen Bundestages, Bonn.

Dr. Hildegard Hamm-Brücher, Bonn, Staatsminister im Auswärtigen Amt.

Professor Hildegard Hoffmann-Vogels, Viersen, Vorsitzende der Bundesarbeitsgemeinschaft Schule/Wirtschaft.

Dr. Hanna-Renate Laurien, Mainz, Kultusminister des Landes Rheinland-Pfalz.

Dr. Emilie Lieberherr, Zürich, Ständerat, Stadtrat, Vorstand des Sozialamts der Stadt Zürich.

Christa Meves, Uelzen, Psychagogin, Schriftstellerin.

Dr. Anneliese Poppinga, Rhöndorf, Geschäftsführer der Stiftung Adenauer-Haus.

Annemarie Renger, Bonn, Vizepräsidentin des Deutschen Bundestages.

Dr. Hanna Walz, Fulda, Mitglied des Deutschen Bundestages und des Europa-Parlaments.

Maria Weber, stellvertretende Vorsitzende des Deutschen Gewerkschaftsbundes.

Hildegard Zumach, Bonn, Generalsekretärin der Evangelischen Frauenarbeit.

Mut zur Öffentlichkeit

Briefe an junge Frauen

Herausgegeben von
Sonja Schmid-Burgk

Herderbücherei

Originalausgabe
erstmals veröffentlicht als Herder-Taschenbuch

Umschlag-Graphik: Kristine Rothfuß-Rietmann

Herder Freiburg · Basel · Wien
Herstellung: Freiburger Graphische Betriebe 1978
ISBN 3-451-07685-3

Inhalt

Vorwort

Eine Frau als Bundespräsident – wären Sie damit einverstanden? Oder würden Sie antworten: Das ist nicht mein Stil? Oder: dafür ist es noch zu früh? Oder: so hatte ich mir die Gleichberechtigung nicht vorgestellt? Und: Wie denken Sie sich die Gleichberechtigung, als Einbahnstraße, die zügig ins Berufsleben führt, vor allem in „neue" Frauenberufe; als Aufwertung der „herkömmlichen" Frauenberufe; oder als eine Sache, die mehr noch die Männer (im Sinne partnerschaftlicher Arbeitsteilung in der Familie) betrifft als die Frauen selbst?

Daß solche Fragen überhaupt gestellt werden, zeigt, daß die Emanzipation, die Ablösung von traditionellen Rollenbildern insbesondere der Frauen, in vollem Gang ist. Auf vielen Gebieten ereignet sie sich fast unmerklich, auf leisen Sohlen; daß sich etwas geändert hat, merkt man erst nach der vollzogenen Veränderung; in anderen Bereichen gibt es Paukenschläge, Diskussionen, ob das denn nun „Fortschritt" sei, ob bedenkens- oder womöglich nachahmenswert.

Unsere Zeit macht es Frauen gleichermaßen schwer und leicht, ihre Stellung in der Gesellschaft neu zu bedenken. Es wird von ihnen erwartet, daß sie sich ins Wirtschaftsleben eingliedern lassen – aber nicht zu lange, nicht zu teuer und in nicht zu bedeutenden Positionen –; es wird erwartet, daß sie Anteil am politischen Leben nehmen – am liebsten als gefühlig umworbene Wählerinnen, weniger gern als Gewählte, Handelnde –; und es wird auch als Selbstverständlichkeit erwartet, daß in der Familie alles so bleibt wie bisher: die Mutter für die Kinder, die Frau für den Mann, Ausbildung, Beruf, Karriere als Beiwerk. Wer findet sich da noch zurecht?

Wer nimmt es auf sich, aus den vorgegebenen, scheinbar so verfestigten Erwartungen auszubrechen, gangbare Wege zu suchen?

Auch heute gehört dazu immer noch Mut, vor allem der Mut,

etwas Neues nicht nur anzufangen, sondern durchzuhalten, auf dem Weg nicht stehenzubleiben, es nicht mit der Hälfte genug sein zu lassen, schon vorweg zu resignieren. Die Idee zu dem vorliegenden Taschenbuch geht auf einen Vortrag von Elisabeth Noelle-Neumann beim Europa-Seminar des Deutschen Frauenrates im Jahre 1975 zurück, von dem auch der Titel „Mut zur Öffentlichkeit" stammt. Hier liegt nun zu diesem Thema ein breiter Erfahrungsbericht vor. Zu Wort kommen Frauen aus den verschiedensten Bereichen, Frauen, die diesen Mut gehabt, diese Herausforderung angenommen und sich in ihr bewährt haben. Sie zeigen: es geht, auch wenn der Beginn ein Wagnis scheint, der Erfolg nicht im voraus feststeht und der Weg steinig ist und mit Vorurteilen gepflastert. Sie zeigen, daß auch eine männlich bestimmte Welt den Beginn einer Neugestaltung durch Frauen erfahren kann. Worauf es nun ankommt ist, daß diese Frauen nicht die einzigen bleiben, daß viele ihnen nachfolgen, je auf ihre eigene Weise, in ihrem eigenen Lebensbereich.

Erfahrungen darf man nicht verlieren – und das heißt für die Nachfolgenden: jetzt und hier daraus etwas zu machen.

Sonja Schmid-Burgk

ELISABETH NOELLE-NEUMANN

Mut zur Öffentlichkeit

Liebe Frau X,

hinten im Saal, wo Sie standen, war ein großes Gedränge. Da waren die Männer vom Fernsehen mit ihren Apparaturen und eine Traube von Leuten, die keinen Stuhl mehr gefunden hatten, die meisten größer als Sie. Darum sah ich Sie erst von meinem Platz auf dem Podium aus, als Sie am Mikrofon, über das die Diskussionsteilnehmer sprechen sollten, ankamen. Ihr erster Satz war: „Ich bringe kaum ein Wort heraus..." Vor Aufregung, sagten Sie, könnten Sie fast nicht sprechen, aber Sie hätten es sich eben fest vorgenommen...

An diesem Punkt hatten Sie die Probe vor sich schon bestanden, und Sie merkten es auch, denn immer fester wurde Ihre Stimme, Ihre Unzufriedenheit mit den Podiumsteilnehmern wollten Sie begründen, einige schuldig gebliebene Antworten statt der vorgeführten intellektuellen Artistik einfordern, Antworten, um derentwillen Sie sich überhaupt nur an diesem Abend in der Großstadt aufgemacht hätten zu der Veranstaltung. –

Ihr Interesse, Antwort zu erhalten, war größer als Ihre Scheu vor der Öffentlichkeit, nur aus diesem Interesse schöpften Sie den Mut, mit einem gefalteten Zettel bei den Veranstaltern einen Diskussionsbeitrag anzumelden, und dieses Interesse trug Sie dann fast von allein und ließ Sie die Aufregung vergessen. Daß Sie Ihre Unzufriedenheit knapp begründeten, Ihre Fragen kurz faßten, das war wieder der Ertrag früherer Arbeit, man kann nicht konzentriert sprechen, wenn man nicht ernsthaft und ausdauernd gearbeitet hat.

Sie hatten, meine ich, als Frau ein wahrscheinlich jahrtausendealtes Handikap zu überwinden, die Rollenteilung, nach der der Mann seine Aufgaben eher draußen in der Öffentlichkeit findet, die Frau die ihren eher drinnen im privaten Bezirk. Als schönes

Bild in der Öffentlichkeit zu wirken, die Dame in der Loge oder auf dem Boulevard – von dieser Tradition konnten Sie keine Hilfe gewinnen, danach sahen Sie nicht aus.

Was ist eigentlich Besonderes dran an der „Öffentlichkeit", daß man Mut dazu braucht? Wir sind mitten dabei, es zu erforschen. Von der juristischen Definition von Öffentlichkeit: „Jeder hat Zutritt", nimmt diese Arbeit ihren Ausgang, aber sie entfernt sich rasch und wechselt hinüber in das Gebiet der Sozialpsychologie. Vielleicht kann man es sich so vorstellen: Öffentlichkeit besteht aus Menschen, aber es sind vorwiegend unbekannte, und es sind zu viele, um sie zu identifizieren, sie haben gleichsam kein Gesicht. Das wäre wohl gleichgültig, wenn nicht diese vielen, alle diese Augenpaare, die auf den einzelnen, der sich in der Öffentlichkeit bloßstellt, gerichtet sind, zu Menschen gehörten, die voller Bereitschaft sind, zu urteilen – sicher: auch zu loben, zu bewundern, aber peinlicher bewußt jedem, der identifizierbar in der Öffentlichkeit auftritt: bereit auch, zu verurteilen oder zu verlachen, und das kann ein lang anhaltender Schaden sein.

Warum ist das ein so besonders gravierender Schaden? Der normale Mensch braucht die Achtung und Sympathie nicht nur der engsten Freunde oder Familie, sondern auch seiner weiteren Umwelt, der Nachbarn oder Kollegen oder Vereinsfreunde und ganz allgemein des diffusen Feldes, in dem man sich alltäglich bewegt. Hat er sich in der Öffentlichkeit lächerlich gemacht oder seinen Ruf verdorben, dann ist das viel schwerer zu reparieren, als wenn etwas im privaten Bereich schief gelaufen ist. Das liegt an der Gesichtslosigkeit. Im privaten Bereich kennt man die Menschen, die Zeugen einer eigenen Schwäche oder Dummheit oder Verfehlung oder Verleumdung geworden sind, man kann erklären, man kann um Verzeihung bitten, kann richtigstellen. Der gesichtslosen Öffentlichkeit läßt sich nichts erklären. Wer war dabei? Wer hat davon gehört? Es läßt sich nicht ausmachen. Man kann nur hoffen, daß mit der Zeit Gras wächst über den Makel.

In den meisten Kulturen wird diese Verletzlichkeit des Menschen durch die ungreifbare „Öffentliche Meinung" von der Strafjustiz genutzt oder ist in der historischen Entwicklung genutzt worden; das deutsche Wort für diese Art von Strafe heißt: „An den Pranger stellen". Die Nationalsozialisten haben von informeller Prangerjustiz Gebrauch gemacht, die französische

Volksjustiz gegen Kollaborateure nach dem Ende der Besatzungszeit, Frauen wurden die Haare abgeschnitten. Man sieht Pressebilder, wie im heutigen China Straftätern hohe Mützen aufgesetzt und wie sie so der Öffentlichkeit vorgeführt werden.

Die Papierhüte der Chinesen - liebe Frau X, Sie werden denken, das gehe nun also doch zu weit. Nein, es geht nicht zu weit. „Mut zur Öffentlichkeit" gelingt nicht, wenn man sich das Problem zu leicht vorstellt. Man muß schon wissen, was einem die Stimme abschnürt, mit Mut als flatterndem Band, als Überschwang ist da nichts zu machen.

Wenn nun Öffentlichkeit ein so gefährliches Element bildet, noch besonders für Frauen, die sich im Umgang mit ihm seit Jahrhunderten, seit Jahrtausenden nicht geübt haben – warum sollte man dann die Öffentlichkeit nicht besser den Geltungssüchtigen, den Ehrgeizigen überlassen? Man kann doch auch außerhalb des Lichtes der Öffentlichkeit Wichtiges bewirken?

Also: Warum müssen Frauen in die Öffentlichkeit? Das hat – nach der juristischen und sozialpsychologischen – mit einer dritten Bedeutung von Öffentlichkeit zu tun, man könnte sagen, der politischen Bedeutung. Das Öffentliche – in diesem Sinne – ist das Wichtige, ist, was alle angeht, womit sich die Allgemeinheit beschäftigen sollte. Das ist gemeint, wenn man zum Beispiel von einer „öffentlichen Aufgabe" des Journalisten spricht.

Daß etwas wichtig ist, und welche Argumente wichtig sind, und welche Maßnahmen dringlich wären, und welche Personen dabei Einfluß erhalten sollten – das müßten Frauen schon selbst durch öffentliche Äußerung klarmachen. Sie können nicht erwarten, daß es ihnen abgenommen wird, daß andere für sie mit Engelszungen sprechen. Als Ausnahme vielleicht einmal, aber nicht über den ganzen Bereich der Maßnahmen hinweg, die Frauen interessieren, und nicht andauernd. Immer mehr in unserem Leben wird durch politischen Einfluß entschieden, das ist bekannt. Ob sich dabei Urteilsvermögen, Ansichten und Interessen von Frauen geltend machen, hängt vom Mut der Frauen zur Öffentlichkeit ab.

Man muß dabei nicht nur an die großartigen Auftritte denken, auf die vielen kleinen Schritte, die öffentlich sichtbar sind, kommt es an. Schon eine Diskussion in einem Wartezimmer ist Öffentlichkeit; in Wahlzeiten ein Parteizeichen tragen ist Mut zur Öffentlichkeit, natürlich auch ein Leserbrief. Aber was soll man sagen, wenn man heute demoskopisch vergleicht den Anteil, in dem Männer und Frauen in politisch tätigen Gruppen Mitglied sind oder Ehrenämter übernommen haben oder ein Wahlabzeichen tragen: Wie kann bei diesem Defizit das Interesse der Frauen genug Gewicht bekommen?

Ihnen, liebe Frau X, hätte ich die Sache mit dem flatternden Band und dem Überschwang nicht zu sagen brauchen. Sie brauchten keine Warnung vor Übereifer. Sie gingen zum Mikrofon, als ob Sie durch schweren, morastigen Boden müßten wie zu einer Arbeit. Ich habe Sie damals bewundert, ich wollte Ihnen das irgendwann einmal sagen. Vielleicht finden Sie diesen Brief.

Ihre Elisabeth Noelle-Neumann

Elisabeth Noelle-Neumann wurde 1916 in Berlin geboren, wo sie auch 1940 nach Studium in Deutschland und in den USA promovierte. Zunächst journalistisch tätig, gründete sie 1947 mit ihrem Mann Erich Peter Neumann das erste deutsche Meinungsforschungsinstitut, nämlich das Institut für Demoskopie Allensbach, dessen Leitung sie seither innehat. 1961 Lehrbeauftragte für Publizistik an der Universität Berlin, 1964 Berufung auf den Lehrstuhl für Publizistik an der Universität Mainz, ordentliche Professorin und Direktorin des Instituts für Publizistik. Elisabeth Noelle-Neumann ist Autorin zahlreicher wissenschaftlicher Arbeiten.

MINNA VON ALTH

Auf mehr als zwei Beinen stehen

Liebe Irmgard,

ich habe mir Deinen Brief aus dem Jahre 1972 herausgesucht und lese: „Ich will jetzt nur noch Hausfrau und Mutter sein, und ich betone ausdrücklich, daß mich nicht etwa Alex bei diesem Entschluß beeinflußt hat.“ Als Du das schriebst, war Dein Kind zwei Wochen alt, und Du warst eine Studentin im vierten Semester Publizistik. Ich gebe zu, daß ich damals Deinen Brief nicht ganz ernst genommen habe. Mir war klar, daß das Erlebnis, ein Kind zu haben, für Dich wie für jede Frau so umfassend war, daß daneben nicht sehr viel mehr Platz hatte. Aber gleichzeitig war ich sicher, daß nach einigen Monaten das Muttererlebnis in die richtige Proportion rücken würde, und ich nahm an, daß Du bald wieder Deine Berufsausbildung aufnehmen würdest. Da Du das Fach Publizistik gewählt hattest, weil Du gleichsam in meine Fußstapfen treten wolltest, habe ich Dich immer als meine geistige Tochter betrachtet, und darum war meine Enttäuschung, daß Du abgesprungen bist, doch recht groß.

Nun höre ich, daß Du jetzt, nach sechs Jahren, neu inskribiert hast. Ich flehe Dich an: Halte durch! Nicht etwa, weil Dir das abgeschlossene Studium viel für die Praxis in der Medienarbeit vermitteln kann, sondern weil Du als Frau mit dem Doktortitel eine bessere Startbasis hast. Du wirst es schwerer haben, als ich es gehabt habe, denn ich hatte mich nicht zu entscheiden. Als ich nach dem Krieg, mit 25 Jahren, begann, besaß ich einen Rucksack mit dem Allernotwendigsten und ein fünf Monate altes Kind. Einen Mann an meiner Seite gab es nicht, der mich in Versuchung gebracht hätte, nur für ihn und die Familie dazusein. Und in der Berufswelt fehlte es an Männern. Sie waren entweder gefallen oder in Gefangenschaft oder politisch belastet. Wir Frauen mußten arbeiten, aber wir waren auch gefragt. Viele Frauen haben damals in Unkenntnis ihrer Chancen nach dem nächstbesten Job gegriffen, um so rasch wie möglich den Lebensunterhalt für sich und ihre Kinder zu verdienen. Ich aber sagte mir: „Ich habe nichts zu verlieren. Wenn ich schon überlebt habe, dann will ich auch in Zukunft das tun, was ich mir immer schon vorgestellt habe." Mir gelang der Sprung in die Dramaturgie eines großen Theaters, ein Beruf, der seit eh und je Männern vorbehalten war. Fünf Jahre lang war ich für den Spielplan des Theaters verantwortlich, gab die Programmhefte heraus, verhandelte mit Verlagen und betreute Autoren. Nach fünf Jahren kam für mich die erste schwere Hürde: Die Männer waren aus dem Krieg zurückgekommen, sie waren politisch rehabilitiert, und eine neue Generation von Theaterwissenschaftlern drängte in die Dramaturgie. Wollte ich in der Dramaturgie bleiben, so hätte ich mich zur Schreibmaschine degradieren lassen müssen. Alle Selbständigkeit und Verantwortung hätte dann irgendein junger Mann übernommen, und ich wäre dann nur mehr die Ausführende gewesen.

Und hier muß ich noch etwas nachholen, Irmgard, was, wie ich glaube, sehr wichtig ist und was Du selbst nicht mehr erfahren kannst. Der Beginn meiner Berufstätigkeit fiel in die Stunde Null unseres Landes. Österreich, das sieben Jahre lang als Ostmark Teil des Deutschen Reiches war, war wieder Österreich geworden, mit einer ganz neuen Garnitur von Männern in allen Gremien. Diese Männer waren zugänglich, erreichbar, man konnte praktisch von der Straße weg sie aufsuchen und mit ihnen ins Gespräch kommen. Der funkelnagelneue Demokratiebegriff begünstigte diese Zugänglichkeit. Gleichzeitig waren alle Institutionen in Neugründung begriffen, nichts war definitiv, es gab noch keine starren Richtlinien und auch keine festen Hierarchien. Und so konnte ich oft aus nächster Nähe sehen, wie ratlos die Männer waren, die die Führung des Staates, der Verwaltung, der einzelnen Institutionen übernehmen sollten. Das hat mir für mein ganzes Leben jenen Respekt genommen, mit dem Deine Generation junger Frauen von Kindheit an belastet ist. Glaube mir, Irmgard, die Männer sind gar nicht so stark, so unfehlbar und so entscheidungsfreudig, wie man gemeinhin annimmt. Man muß dieses Wissen nicht unbedingt ausspielen, aber es gibt große Sicherheit im Auftreten und in der Verteidigung des eigenen Standpunktes.

Und noch eines, Irmgard, ich sagte eingangs, daß ich es leichter hatte als Du, weil mir die Entscheidung abgenommen wurde, ob ich berufstätig sein wollte. In anderer Hinsicht hast Du es leichter als ich. Wenn Du Dich dazu entschließt, eine eigene Karriere aufzubauen, hast Du für Dein Kind und Deinen Haushalt verschiedene Hilfen. Du kannst eine Reihe von Aufgaben an Deine Mutter delegieren. Sie hat sich dieses Enkelkind sehnlichst gewünscht, sie wird glücklich sein, etwas dafür tun zu können. Das Kind hat auch einen Vater, der bereit war, diese Rolle zu übernehmen, auch er kann Dich in verschiedener Hinsicht entlasten. Du kannst es Dir leisten, zu warten, bis Du die richtige Position findest, ohne billige Kompromisse zu schließen, weil Du das Einkommen Deines Mannes als Rückhalt hast. Ich hatte das alles nicht. Ich war von Anfang an gezwungen, für drei Menschen zu arbeiten: für mich selbst, für mein Kind und für die Person, die mein Kind betreut hat. Das war mit einem Job allein finanziell nicht zu leisten. Ich war also gezwungen, neben dem Hauptberuf eine Reihe von Nebentätigkeiten auszuüben. Wie sich im Laufe meiner Geschichte zeigen wird, hatte das später große Vorteile. Ich lernte nämlich, das im Theatermetier erworbene praktische Können in anderen Medien einzusetzen. Männer, die im allgemeinen besser bezahlt sind, reduzieren meist ihr berufliches Können auf immer engere Fachbereiche.

Doch ich war, wie ich Dir bereits schilderte, in meiner ersten beruflichen Sackgasse angelangt. Man stellte mich im Theater vor die Alternative, entweder als Hilfskraft in die Direktion zu kommen oder die Stelle zu verlieren. Man versuchte mir klarzumachen, daß Männer schließlich für Frau und Kinder zu sorgen hätten und Stellenlosigkeit für sie eine Katastrophe bedeutete. Meinem Hinweis, daß auch ich für ein Kind zu sorgen hätte, wurde mit dem Argument begegnet, daß es mir ja frei stünde, einen Familienerhalter zu suchen und zu finden. Übrigens waren die kurzfristigen Versuche, mich in der Direktion zu beschäftigen, nicht sehr effektiv, denn es zeigte sich, daß ich unfähig war, nach Diktat zu arbeiten. Ehe noch die Entscheidung über mich fiel, nahm ich einen unbezahlten Urlaub. Meine Begründung war eine Einladung nach Amerika im Rahmen der Ford Foundation. Heute könnte das jede Art von Kurs oder Fortbildungsurlaub sein. Mein Vertrag für die USA sah für eine Lehrtätigkeit in Drama freie Station und ein Taschengeld vor. Da ich aber mein gerade schulpflichtig gewordenes Kind mitnahm, durfte ich nicht im Studentenheim wohnen, überdies hatte ich für den Unterhalt meines Kindes zu sorgen. Ich war also auch in den Staaten genötigt, Nebentätigkeiten auszuüben. Insgesamt habe ich in dem

Amerika-Jahr neun verschiedene Stellen innegehabt. Meine Tätigkeiten ließen mich mit allen Schichten der Bevölkerung in Kontakt kommen und ihre Probleme kennenlernen. Das wäre nicht möglich gewesen, wäre ich im akademischen Elfenbeinturm gesessen.

Das Jahr in Amerika hat mich mit Entwicklungen konfrontiert, die ich natürlich mit europäischen Augen sah und die später auch nach Europa gekommen sind. Ich konnte sie dann aber früher als andere erkennen und mich darauf einstellen, ein wichtiger Vorsprung, wenn man auf dem Mediensektor tätig ist. Ich habe aber auch eine Reihe von amerikanischen Frauen kennengelernt, die den Mut hatten, die Barriere des Vorurteils gegen Frauen in Führungspositionen zu durchbrechen. Sie arbeiteten in Weltorganisationen, im Management großer Betriebe, sie ließen auf allen Gebieten der Kunst aufhorchen. Sie verdankten ihren Aufstieg der Tatsache, daß es zwischen den beiden Kriegen im amerikanischen Mittelstand schick war, den Töchtern auf der Universität Fachausbildungen bis zum Doktorat zu ermöglichen. So wurden diese Frauen Ärzte, Juristen, Wissenschaftler, ausgebildete Journalisten, Naturwissenschaftler der verschiedensten Gebiete, während man bei uns zur gleichen Zeit Studentinnen auf Kunst, Sprachen und Pädagogik beschränkte. Als dann nach dem Zweiten Weltkrieg die Entwicklung in Amerika zurückpendelte und man plötzlich im Mittelstand dem Weiblichkeitswahn verfiel, hatten diese Frauen bereits ihre Positionen erobert. Du mußt Dir vorstellen, Irmgard, daß diese Frauen zumeist Ehefrauen mit Kindern waren und nicht etwa Frauen, die um der Karriere willen auf Ehe und Familie verzichtet hatten. Was mich bei ihnen besonders beeindruckte, war, daß sie ihrem Geschlecht gegenüber eine große Loyalität an den Tag legten.

Nach 14 Monaten kehrte ich mit einem viel weiteren Horizont nach Österreich zurück. Im Reisegepäck befand sich mein erstes Buchmanuskript, und im Kopf hatte ich den Plan, wie ich mich aus meiner beruflichen Sackgasse herausmanövrieren könnte.

Ehe ich Dir erzähle, welche Art Plan das war, muß ich Dir etwas Grundsätzliches sagen: Jeder Mensch steht auf zwei Beinen; eine Frau, die den Einbruch in die männlich dominierte Arbeitswelt wagt, muß auf mehr als zwei Beinen stehen. Sie muß in mehreren Bereichen gleichzeitig ansetzen, sie muß über das, was sie tut und wohin sie steuert, weit öfter Rechenschaft ablegen. Das bedeutet, wach sein wie ein Schießhund, jeden Trend vor den anderen erspüren, die Wendung in der Arbeitstechnik erkennen und für sich anwenden. Als Journalistin mußte man zum Beispiel die Abkehr vom Feuilleton wahrnehmen und sich der Reportage zuwenden. Man mußte gewisse Pointillismen ablegen und sich mit dem jeweils neuesten Jargon vertraut machen. Man darf in den Medienberufen, gerade als Frau, nicht in bestimmten Themenkreisen und Ausdrucksweisen steckenbleiben, und man muß, um ein Wort aus der Wirtschaft zu verwenden, Marktlükken erkennen.

Und damit bin ich eigentlich schon bei dem Plan, den ich für meine weitere Berufstätigkeit aus Amerika mitbrachte. Als ich zurückkehrte, war mein Schreibtisch von einem jungen Dramaturgen besetzt, provisorisch, wie man mir sagte, da ich nur beurlaubt war und man im Urlaub das Arbeitsverhältnis mit mir nicht lösen konnte. Im stillen hatte man längst beschlossen, daß der Schreibtisch dem jungen Mann bleiben solle. Ich aber erklärte zur Überraschung aller, keinen Schreibtisch in Hinkunft zu brauchen, sondern lediglich die Zugehörigkeit zum Haus, in dessen Rahmen ich meine Aktion starten wollte. Ich beabsichtigte, mit einer Gruppe von Schauspielern Theaterstücke in den Schulen aufzuführen, die dem jeweiligen Lehrplan für den Deutschunterricht angepaßt waren. Man ließ mich gewähren, denn was ich wollte, klang so undurchführbar, daß die Herren sich an den Fingern ausrechneten, wie bald ich aufgeben würde. Ich war nun Direktor, Regisseur, Bearbeiter und Reisemarschall in einer Person, und wir besuchten im ersten Jahr in drei Turnussen 240 Schulen. Für das zweite Jahr hatten sich die Anmeldungen verdoppelt. Die Sache hatte also eingeschlagen, die Presse nannte die Aktion das originellste Theaterexperiment seit Jahren, und nach dem Versuchsjahr hätte keiner gewagt, an meinem Vertrag zu rütteln, weil der Minister selbst die Patronanz über die Aktion übernommen hatte. Das liest sich alles viel einfacher, als es wirklich war, denn als weiblicher Zirkusdirektor – so wurde ich von den Kollegen genannt – hatte ich meine Autorität stets unter Beweis zu stellen. Ich konnte nicht wie ein Mann die Peitsche schwingen, sondern mußte mit Diplomatie, Überredungskunst, Improvisation und absoluter Zuverlässigkeit allen Schwierigkeiten und unvorhergesehenen Zwischenfällen begegnen.

Jede Schulpremiere wurde im Rundfunk übertragen. Vor einer Premiere wurde ich gewöhnlich über mein Konzept interviewt, und das brachte mich zum ersten Mal mit dem Rundfunk in Kontakt. Gleichzeitig erhielt ich den Auftrag, der Jugend Österreichs die Geschichte meines Theaters in Buchform nahezubringen. Am Theater ließ man sich meine Tätigkeit, die ja doch eine Form von Public Relations war, durchaus gefallen, ja man ging noch weiter und überlegte, womit man mich zusätzlich beschäftigen könnte. Als mein Lehrmeister am Theater starb und ein unvollendetes theaterwissenschaftliches Werk, an dem ich mitgearbeitet hatte, hinterließ, lag es nahe, mich mit der Fertigstellung zu betrauen. Ich erlebte also zwischen meinem 35. und 45. Lebensjahr eine der fruchtbarsten Perioden meines Berufslebens. Ich ahnte nicht, daß ich einer neuen Krise zusteuerte, das heißt, ich hätte es merken müssen, wenn meine Wachsamkeit nicht nachgelassen hätte.

Den Männern gefiel es längst nicht mehr, daß ich durch die Aktion in eine Position gelangt war, die mich von der Direktion des Theaters praktisch unabhängig machte, weil ich in Sachen der Aktion unmittelbar dem Minister unterstand, der letztlich auch der Chef des Direktors war. Zunächst beschränkte man sich darauf, mir interne Schwierigkeiten zu machen, bis ein Direktor kam, der den rettenden Einfall hatte, dem Minister sich selbst als Leiter der Aktion anzubieten.

Das hätte mich nicht so unerwartet treffen können, wenn ich nicht an Aufmerksamkeit nachgelassen hätte, und danach machte ich einen zweiten verhängnisvollen Fehler, einen Fehler, den sich Männer leisten können, aber Frauen nicht. Ich beichte ihn Dir, damit Du in einer ähnlichen Situation richtig reagierst: Als mir die Aktion, die ich aufgebaut hatte, weggenommen wurde, hätte ich kämpfen müssen, anstatt in beleidigtem Stolz auf die Blamage meines Direktors zu warten, der - so war ich sicher - bald würde zugeben müssen, daß er den Mund zu voll genommen hat. Es hätte sich zu kämpfen gelohnt, selbst dann, wenn ich nicht davon profitiert hätte, denn eine Nachfolgerin hätte es dann leichter gehabt, meine Arbeit fortzusetzen. Ich aber wartete eine Zeitlang, daß man Canossa-Gänge zu mir machte, und als diese ausblieben, kündigte ich. Ich hätte bleiben können, irgendwo auf dem Abstellgeleise, und hätte reichlich Zeit für meine Nebenarbeiten gehabt, denn daß ich von der Direktion gekündigt worden wäre, diese Gefahr bestand nicht mehr. Man hätte mich bis zur Erreichung der Altersgrenze mit Routinearbeiten beschäftigt, aber als ich sah, daß junge Frauen, die als meine Untergebenen angefangen hatten, nun als verlängerter Arm der Leitung mich zum Befehlsempfänger machten, wurde mir das unerträglich.

Ich ging nach 20jähriger Tätigkeit unbedankt aus einem Institut, in dem sogar 20 Jahre Fensterreinigung mit einer Auszeichnung bedacht wird. Heute weiß ich, daß das ein glänzender Beweis dafür war, daß meine Arbeit so sehr aus dem Rahmen fiel, daß es den leitenden Herren unangenehm wurde.

Ich hatte inzwischen beim Rundfunk in Österreich und in der Bundesrepublik Fuß gefaßt, das Fernsehen stellte mir Aufgaben, der Presse gefielen meine Reiseberichte, dazwischen war ich Ghostwriter für eine Reihe von Wissenschaftlern, für einen Verlag bearbeitete ich Kinderbücher und für die Arbeitsmarktverwaltung Informationsbroschüren berufskundlichen Inhalts. Arbeit gab es in Hülle und Fülle, und der Status einer freien Mitarbeiterin befriedigte mich sehr. Erstens war ich selbständig, und zweitens bot ich der direkten Konkurrenz der Männer keine Angriffsfläche. Nicht etwa, daß es keine Widerstände mehr gab, aber ich hatte einen gewissen Spielraum, mich nach Frustrationen wieder aufzubauen und, wenn ich in eine Sackgasse geraten war – auch das blieb nicht aus –, konnte ich mich neuen Sparten zuwenden.

Zur Zeit macht es mir zum Beispiel großen Spaß, wie ein junger Reporter mit dem Tonbandgerät Leute zu interviewen, große Reportagen zu machen. Spaß darum, weil ich es immer nur der Beweglichkeit und dem forschen Auftreten ganz junger Männer zugetraut habe, Leute auf der Straße anzusprechen und von ihnen brauchbare Aussagen zu erhalten. Ich bin fasziniert von den Kontaktmöglichkeiten, die diese Arbeit bietet, und den Einblikken, die sie quer durch alle Schichten der Gesellschaft gewährt. Außerdem wurde ich vor drei Jahren mit einem Sonderauftrag von meinem alten Theater betraut. Es zeigt sich also, daß man alles offenhalten und alte scheinbar abgeschlossene Bereiche auf neuen Wegen wieder erreichen kann.

Ich hatte nicht die Absicht, Dir meine Biographie zu schreiben, zumal Du ja meinen Werdegang in groben Zügen kennst. Daß es eine Art Bilanz geworden ist, war unvermeidbar. Sie sollte Dich aber ermutigen, denn ich mache seit geraumer Zeit eine erschreckende Beobachtung. In der Medienarbeit gab es gewisse Sparten, die in den letzten 30 Jahren Frauen vorbehalten waren. Wenn jetzt diese Frauen aus Altersgründen ausscheiden, kommen nicht etwa jüngere Frauen an ihre Stelle, sondern Männer.

Ich habe über dieses Phänomen nachgedacht, mich gefragt, ob junge Frauen sich davor scheuen, berufliche Verantwortung zu übernehmen. In gewissem Sinne ist das erziehungsbedingt. Mädchen werden auch heute noch dazu erzogen, gefällig zu sein und zu gefallen, und auch jenen, die eine Berufsausbildung erhalten, sagt kein Mensch, daß sie Karriere machen können oder sollen. Und so beschränken sie sich darauf, eine Art Vater-Tochter-Verhältnis mit ihrem Chef herzustellen und so indirekten Einfluß auf seine Entscheidungen zu nehmen und von diesem „Vater" Lob und Anerkennung zu ernten. Ihre direkten Erfolge suchen sie ausschließlich im privaten Bereich. Ich muß zugeben, daß wir Älteren an dieser Entwicklung nicht unschuldig sind, denn wir haben es verabsäumt, die Rolle des Mentors zu spielen und unsere Nachfolgerinnen selbst heranzuziehen. Vielleicht hat da der Gedanke, daß wir unsere Stellung im Alleingang erobern mußten, eine gewisse nachträgliche Eifersucht hervorgerufen, etwa: „Ich habe es so schwer gehabt, warum sollen es die Jungen leichter haben!" Dazu kam auch die Angst vor der Attraktivität der Jungen und ihrem unbekümmerten Selbstbewußtsein, das darauf beruhte, daß sie eben jung waren in einer Welt, in der Jugend allein in zunehmendem Maße als Qualifikation galt und gilt. Ich muß den jungen Frauen allerdings zugute halten, daß ihnen das alles kaum bewußt ist. Ihre Scheu vor selbständiger Arbeit, ihre Liebenswürdigkeit dem männlichen Vorgesetzten gegenüber, ihr Widerstand gegenüber weiblichen Vorgesetzten, der häufig eine Rebellion gegen die „Mutterfigur" darstellt, ihre mangelnde Solidarität mit ihren Geschlechtsgenossinnen sind eingeschliffene Verhaltensformen, die zum Teil bis in die Kindheit zurückreichen. Unsere und Eure Fehler bergen aber die Gefahr, daß die Brückenköpfe, die wir in der männlichen Arbeitswelt erobert haben, wieder verlorengehen.

Daß es auch anders geht, beweist mir zum Beispiel der Umstand, daß meine Tochter, die meine Kämpfe begleitete, eine junge Frau geworden ist, die keinerlei Scheu davor hat, sich in die Öffentlichkeit zu wagen, und die heute, obwohl Mutter und Ehefrau, ihre beruflichen Aufgaben sehr ernst nimmt. Sie sagte mir kürzlich, und das dürfte Dich interessieren: „Als ich sehr jung war, habe ich deine Schwierigkeiten nur für dich verbindlich gehalten. Heute weiß ich längst aus meinen verschiedenen Tätigkeiten als Wissenschaftlerin, Publizistin und Vortragende, daß es die allgemeinen Schwierigkeiten von Frauen sind, die es wie

Männer unternehmen, verantwortungsvolle Positionen einzunehmen.“ Sie hat mir übrigens die richtige Medizin gegen das jahrzehntelange schlechte Gewissen gegeben, das ich als berufstätige Mutter hatte und mit dem Du Dich auch auseinandersetzen mußt, wenn Du Dich in einem Beruf engagierst. Meine Tochter sagte mir nämlich: „Die frühe Erfahrung mit deinen Kämpfen und die Beobachtung, wie du deine Schwierigkeiten gemeistert hast, hat mir jegliche Angst vor dem beruflichen Engagement genommen, so daß ich unbelastet und risikofreudig antreten konnte.“ Das scheint mir allerdings nur eine Ursache dafür zu sein, daß sie ihren Berufsweg so angstfrei verfolgt. Der zweite Grund für ihre Sicherheit ist, daß sie eine ganz andere Haltung ihren Geschlechtsgenossinnen gegenüber einnimmt. Sie ist frei von jedem Konkurrenzdenken, und sie solidarisiert sich mit den Frauen, sie setzt sich für sie ein, sie arbeitet in der Frauenbewegung, und sie registriert auch Entwicklungen, wo die weibliche Kreativität zum Durchbruch kommt und aufhorchen läßt.

Meine Tochter hat es abgelehnt, im Metier meine Nachfolgerin zu werden, was mir durchaus verständlich ist. Du aber hast mein Metier gewählt, und ich habe Dir eingangs gesagt, daß Du alles daran setzen mußt, um Dein Studium abzuschließen. Und das sage ich, weil es heute viel wichtiger als zu meiner Zeit ist, daß man einan akademischen Grad hat. Die Medienarbeit wurde einst von Dilettanten begonnen, die sich gemeinsam mit dem neuen Gebiet in der Praxis entwickelten. Heute sind die Institutionen verfestigt, wenn nicht sogar erstarrt, und in Ermangelung anderer besserer Kriterien verläßt sich die Hierarchie auf das Doktorat als Voraussetzung für die Befähigung zu diesen Berufen. Dabei darfst Du aber nicht außer acht lassen, daß die „alten Hasen“ beginnen, vor den jungen Akademikern, die auf der Höhe des modernsten theoretischen Wissens stehen, Angst zu bekommen. Es ist gut für Dich, das zu wissen, denn Angst ruft Aggressionen hervor, die Du nicht auf Dich zu ziehen brauchst. Es wird auch gut sein, daß Du die theoretischen Kenntnisse, die Du erworben hast, nicht überschätzest, wie das so oft geschieht, sondern sie ständig an Hand der Praxis überprüfst und sie nötigenfalls revidierst.

Ich komme noch einmal auf meine Tochter zurück, um eine Warnung an Dich weiterzugeben. Sie behauptet, daß heute junge Frauen bis 30 durchaus bereit sind, mit ihren Geschlechtsgenossinnen einen Dialog zu führen. Zwischen 30 und 50 aber, so hat sie beobachtet, hört dieser Dialog fast immer auf, denn diese Frauen lassen sich von ihrer Familie oder ihrem Beruf oder von beidem in einem Maße auffressen, daß für den Kontakt zu anderen Frauen kein Raum mehr bleibt. Erst nach 50 suchen Frauen wieder Kontakt zu anderen Frauen, aber die lange Unterbrechung stellt ein großes Hindernis für das Gespräch dar, um so mehr, als diese Frauen an Kontaktfähigkeit eingebüßt haben.

Zuletzt noch ein Rat, der vielleicht zu früh kommt, aber besser zu früh als gar nicht: Du bist heute 30, du wirst einmal 50 und älter sein. Das Schreiben ist eine Tätigkeit, die Du ausüben kannst, solange Du zu denken vermagst und Dir etwas einfällt. Es ist ein Beruf, der Dich nicht zwingt, ein Leben lang in einem Unternehmen zu arbeiten, und er bietet die Möglichkeit, wenn Du betriebsmüde wirst, aus der Hierarchie auszuscheiden und selbständig zu werden. Es entläßt Dich allerdings nicht aus der Verpflichtung, Dein Wissen weiterzugeben und Deine Nachfolgerinnen zu schulen.

Deine Minna von Alth

MINNA VON ALTH ist in Wien geboren, hat Theaterwissenschaft studiert, das Studium abgebrochen und geheiratet, war 24 Jahre lang in der Theaterdramaturgie tätig, hat in diesem Rahmen die Aktion „Schauspieler kommen in die Schulen" geleitet und 300000 Schüler besucht, sie hat zwei theaterwissenschaftliche Bücher veröffentlicht und arbeitet zur Zeit an einem dritten theaterwissenschaftlichen Nachschlagwerk. Seit 1952 ist sie für den Österreichischen Rundfunk tätig, seit 1957 für das Fernsehen, aber auch für den Hessischen, den Bayerischen und Westdeutschen Rundfunk und für Zeitungen und Zeitschriften. Sie schreibt Hörspiele (von denen einige als beispielhaft in eine Anthologie aufgenommen wurden), Literaturfeatures, Drehbücher für das Fernsehen, sie hat insgesamt 11 Kinderbücher bearbeitet, zwei 18teilige Reihen mit Wissenschaftlern über „Pubertät" und über „Altersforschung" erarbeitet. Sie veröffentlicht Reiseberichte aus Asien, Afrika und den Ostblockstaaten. Sie ist zur Zeit die Autorin einer Reihe „Frauen in Männerberufen" und bringt jährlich drei Großreportagen im Sonderprogramm.

GRETE BORGMANN

Das Ehrenamt in regionaler und internationaler Organisation

Liebe Hildegard,

unser Gespräch im Familien- und Freundeskreis über Frauenfragen, Feministinnengruppen, über Themen junger Ehefrauen, wie gleiche Lastenverteilung bei der Hausarbeit, der Kinderversorgung, Frustrationsgefühle von Frauen in Dorf- und Stadtrandsiedlungen, vor allem bei denen, für die Landwirtschaft noch vor einer Generation Vollbetrieb, jetzt nur Erinnerung in den vier Wänden eines immer sterileren Haushaltes und wie dies alles verquickt ist mit Erziehungsunsicherheit, Partnerspannungen, das hat uns zu später Stunde noch ziemlich in Wallung gebracht. Daß Du am Ende an mich die Frage nach der *Frauenverbandsarbeit* gestellt hast, ließ mich nicht schlafen. Zuerst hat es mich gefreut, daß meine Schwiegertochter sich für diesen in meinem Leben immer mehr sich ausbreitenden Arbeitsbereich interessiert und sich die anderen mit ihren Fragen anschlossen. Aber in der Nacht kamen diese Fragen wie Polypenarme, und manche Kritikerfragen aus den ersten rebellischen Jahren tauchten aus dem Knäuel auf: Ist das nicht eine Ansammlung von Honoratioren, von Prestige-Bedürftigen oder gar -Süchtigen? Erreicht ihr denn Arbeiterfrauen? Habt ihr denn überhaupt junge Frauen bei euch? Und die immer wieder auftauchende Frage nach der Verhältnismäßigkeit der Mittel, sogar: ob es denn „moralisch" vertretbar sei, einen solchen Arbeitseinsatz ohne Bezahlung zu verlangen... was heißt da ehrenamtlicher „Einsatz"?

Alles Fragen, die mehr verlangen als eine „Erklärung". Sie zwingen zu Grundüberlegungen, zum Nachdenken, das an die Wurzeln der eigenen Existenz geht. Aber da geht es wieder an etwas merkwürdig Kollektives, weil man *sich* nicht denken kann ohne seine Familien-, Gesellschafts- und Religionserfahrung.

Liebe Schwiegertochter, ich will versuchen zu antworten. Systematisch wird es nicht gehen, vielleicht kann ich versuchen, chronologisch zu beginnen, selbst wenn es vielleicht zu sehr subjektiv wird. Aber da muß auch ich mir zuhören.

Der wohl aus der Jugendbewegung stammende Impuls, sozial etwas für Randgruppen zu tun, gegen Korporationen zu kämpfen und die Einstellung der Korporationen zu Studentinnen, brachte mich innerhalb meiner Studienjahre zum Organisieren gemischter Studentengruppen, zum Amt der Sprecherin einer solchen, im Ausland in den Zusammenhang mit internationaler studentischer Verbandsarbeit. Nie dachte ich daran, „nur" in Frauengruppen zu arbeiten, auch nicht, als ich nach dem Zweiten Weltkrieg die Gewichtsverteilung: staatsbürgerliche Frauenaufgaben, Staubwischen, Arbeitszeitvergeudung im Heim und Zeitmangel für den Aufbau des Staates, in meinem ersten Buch unter die Lupe nahm.

Und doch war das der Anfang! Durch die Arbeit an diesem Buch kam ich zu einer Einladung nach Pyrmont zur Gründungsversammlung des Deutschen Frauenrings im Oktober 1949. Und da sah ich sie alle, diese Frauen, *„die wußten"*. Sie wußten, was geschehen war, was zu geschehen hat. Es ging eine unbeschreibliche Kraft von ihnen aus. Sie waren nicht wie so viele Entwurzelte. Sie lebten aus einer Tradition. Welche Tradition war das? Welche Frauen waren vorher, waren Vorbild? Wann begann das? Ich konnte das alles nicht verstehen, ohne meinen Blick in die jüngere, noch nicht verarbeitete deutsche Geschichte zu tun.

Als eine der Kernfragen schälte sich heraus: Wie sah es bei uns aus, als die Industrialisierung begann, die Fabriken entstanden, Frauen Tag und Nacht an Maschinen in schlechter Luft, bei schlechtem Licht schufteten, Kinder zu Fabrikarbeit gezwungen wurden? Frauen wie Kinder unmündig, herausgerissen wie kaum je zuvor aus dem häuslichen Kreis. (Hier übrigens sind immer noch Nachwehen böser Erfahrungen, daß Arbeiter bitter reagieren, wenn ihre Frauen in Fabriken arbeiten *müssen!*) Gab es Frauen, die trotz aller Beengungen der Zeit und der Konventionen aufstanden, um etwas zu bessern? Keine Angst, Hildegard, es kommt keine lange Reihe von Namen. Aber einige müssen genannt werden, damit wir sehen, von welchem Zuschnitt diese Frauen waren; an erster Stelle Luise Otto, geboren 1819 in Meißen, nach dem Tode beider Eltern und ihres Verlobten (1841) und nach historischen, literarischen, politischen Studien und Interessen betroffen von der Situation der Frauen. Sie gründete 1849 die erste Frauenzeitung: „Dem Reich der Freiheit werb' ich

Bürgerinnen", und im Jahre 1865 exemplarisch zwei Vereine: den Leipziger Frauenverein und den *Deutschen Frauenverein.* Diese erstaunliche Frau, die Idealismus, Kraft, Zähigkeit und Formulierungsgabe vereinte und ihre Umwelt so beeindruckte, daß man ihr 1901 in Leipzig ein Denkmal setzte, ihr, der Unbequemen, deren Zeitschrift man verboten, die man bekämpft hatte.

An hervorragende Stelle gehört auch Adelheid Steinmann, 1866 geboren, von der ihre Familie sagte, sie habe ein „Schwertmul", die um die Jahrhundertwende die Vollimmatrikulation von Frauen (zuerst an der Universität Freiburg) durchsetzte und 1908 durch den Kasseler Bildungskongreß die Thesen der Frauenbildungsbewegung für unser Jahrhundert herausarbeitete.

Wie folgten die deutschen Frauen dem Ruf der Luise Otto: Dem Reich der Freiheit werb' ich Bürgerinnen? Konnten die etwa 80% Volksschülerinnen – um die Jahrhundertwende waren es weit mehr – diesem Ruf folgen? Ihren Müttern war es bis 1908 verboten, bei Strafe verboten, sich politisch zu informieren. Als endlich 1908 das Verbot fiel, blieben nur sechs Jahre bis zum Ersten Weltkrieg, sich an Versammlungsfreiheit zu gewöhnen, in politische Diskussionen zu gehen, in der Öffentlichkeit zu sprechen, den dafür nötigen neuen Tugendkatalog für Gattinnen und Mütter zu entwickeln und zu lehren und Männer für die notwendige Haltungsänderung zu gewinnen. Das gelang nicht, konnte nicht gelingen, jedenfalls nicht in der Breite.

Der Bund deutscher Frauenvereine nahm die Arbeit in dem sich langsam weitenden Freiheitsraum auf, intensiv in den staatsbürgerlich orientierten Vereinen, langsam auch in den konfessionellen Neugründungen. Stell Dir vor, Hildegard, auf dem Katholikentag 1905 in Straßburg wurde zum ersten Mal von der Umgestaltung des ehelichen Güterrechtes gesprochen, da wurde gesehen, daß die Gattin und Mutter geschäftsfähig werden müsse, aber ausdrücklich müsse weiter gefordert werden: die Frau sei dem Manne untertan!

Es gab noch wenig „Bürgerinnen". Und 1919, als die Frauen das Stimmrecht erhielten, gab es wenig Bürger, die eine selbstbewußte, kritisch urteilende, fürs Politische engagierte Mitbürgerin wollten.

Für die Frauenverbandsarbeit war eine neue Situation entstanden. Es gab zwar eine Elite engagierter, hochgebildeter Frauen, eine Kraftreserve für die erste Wahl mit Frauenstimmrecht. Und es kamen 11% Frauen in den ersten Weimarer Reichstag! Aber diese Frauen mußten jetzt in die Parteienarbeit, in Wahlkämpfe, in politische Auseinandersetzungen. Für die Frauenverbandsarbeit entstand dadurch eine Lücke. Es gab weiterhin Solidarität über Parteiengrenzen hinweg, fruchtbare überparteiliche Gedankenaustauschveranstaltungen, gemeinsame Aufgabenstellungen. Aber ein Großteil der Energie der hervorragenden Politikerpersönlichkeiten ging in die Parteien- und Parlamentsarbeit.

Die Zubringerarbeit aus dem vorpolitischen Raum stockte. Verlor sie an Dynamik?

Du hast ja damit als Stadträtin Erfahrungen gesammelt und gesehen, welche Kraft eine Politikerin braucht. Du weißt, daß dies kein idyllischer Osterspaziergang ist. In der ersten Weimarer Zeit wußten die Hausfrauen überhaupt nicht, was da „gängig" war, was politisch zu leisten war. Sie empfanden aber auch keine „goldenen" zwanziger Jahre: Arbeitslosigkeit in unvorstellbarem Ausmaß, wie viele Kriegerwitwen, die den Familienunterhalt verdienen mußten, Frauen jedoch in der Erwerbslosenunterstützung erheblich schlechter bedacht als Männer, Berufsaufstiegschancen gering. Wie lange dauerte die Nahrungsmittelknappheit, mußten Frauen hamstern gehen! Geldknappheit bei Arbeitern bis in den Mittelstand und in Beamtenkreise hinein zwingt Frauen zu sparsamstem Haushalten. Als die Weltwirtschaftskrise ihre Schatten verdüsternd auf das Land wirft, wächst Resignation, Demokratieverdrossenheit. Geselligkeit wurde eingeschränkt, wurde seltener. Der Boden für ehrenamtliche staatsbürgerliche Initiative und Verbandsarbeit verdorrte, trocknete aus. Die Anzahl der weiblichen Abgeordneten sank immer mehr. 1933 waren es noch knapp 3%. Agnes von Zahn-Harnack, 1884 in Gießen geboren, die rednerisch, schriftstellerisch und organisatorisch in der Frauenbewegung Profil und 1931 den Vorsitz im Bund deutscher Frauenvereine gewonnen hatte, löste 1933 den „Bund" auf, ehe die Nürnberger Gesetze den Ausschluß der Jüdinnen erzwingen konnten.

Ich muß gestehen, daß ich weder im Gymnasium noch als Studentin in Freiburg, Berlin, in England und Frankreich von diesem Teil unserer Gegenwartsgeschichte etwas erfuhr. Es gehörte nicht zum Lernstoff.

Erst 1949 in Pyrmont stand ich ihnen gegenüber: Lüders, Zahn-Harnack, Mosolf, Hunderten von Frauen, aus denen die Kraft der Pionierinnen in neuer Weise sprach ... und die jüngeren, die sich dazugesellt hatten, die während der Finsternis in den Bombenkellern mit kleinen Kindern die unmenschliche Bedrohung erlebt, sich mit zusammengebissenen Zähnen geschworen hatten: wenn wir wieder können, dann aber werden wir aufstehen und dafür sorgen: *Das darf nicht mehr geschehen.*

Es ist erstaunlich, wie klar in Pyrmont ausgesprochen wurde, was not tut: *Beteiligung.* Bis ins letzte Bergdorf müssen Frauen sich beteiligen. Sie dürfen die Politikerinnen und Politiker nicht wieder allein lassen. In jeder Gemeinde müssen die Frauen die Aufgaben besprechen, den Wiederaufbau, den Neuaufbau, das rechtliche Reformwerk, das die Benachteiligung, die erzwungene Unmündigkeit der Frauen überwinden soll. Das waren die Worte von Theanolte Bähnisch, der 1899 Geborenen, die Jura studierte, 1926 als erste Frau zur Assessorinnenprüfung zugelassen, 1946 in Hannover Regierungspräsidentin wurde. Sie war eine Gründerpersönlichkeit, unerschrocken, ungebeugt, klug, gescheit, warmherzig, mit eigener Strahlkraft, zur Repräsentantin geboren.

Und sie fand Gehör. In über hundert Orten arbeiteten Frauen an dieser staatsbürgerlichen Information, gründeten Eltern-Lehrer-Diskussionsgruppen, Gesprächszirkel mit und für Stadträtinnen. In den Landesverbänden wurden örtliche Erfahrungen ausgewertet, weitervermittelt. Auf Bundesebene wurden Gesetzesvorschläge erarbeitet und den Parlamentariern vorgetragen. Hier macht sich besonders bemerkbar, wie wirksam die Tradition der Gründerinnen ist, die maßgeblich mitbeteiligt waren am Erarbeiten des Grundgesetzes. Wie diese Tradition z. B. beim Bundesvorstand des Deutschen Frauenrings lebendig bleibt, erwies sich bei der Tagung: Wie frei macht uns das Grundgesetz? im Jahre 1974. Auch seither informiert der Rechtsausschuß dieses Verbandes die Mitglieder über Rechtsprobleme, anstehende Rechtsformen und stellt Material zur Verfügung, damit diese Fragen örtlich diskutiert und kommentiert werden können.

So geraten die Frauen durch eine solche Mitgliedschaft in einen Lernprozeß, der sie hellhörig macht, informationsbereit und informationsfähig. Ich kenne aber keinen Ortsring, in dem das nur durch Gespräche geschähe. Man lernt allenthalben durch Mittun, durch Aufgreifen von Projekten zugunsten von benachteiligten Frauen, von Rentnerinnen, von Spätaussiedlern, Gastarbeiterfrauen und -Kindern, für Frauen von Strafgefangenen. Es ist die

Vielfalt von Sachgebieten, Rechts-, Gesundheits-, Medien-, Wirtschafts-, Verbraucher- und Altenfragen, die in Arbeitsgruppen bearbeitet werden, die alle verschiedenen Aktionen in einen staatsbürgerlichen Zusammenhang bringen und die Vitalität der Arbeit ausmachen ... wie kürzlich eine Politikerin sagte: Wenn ich nicht auf euch zurückgreifen könnte, ich weiß nicht, ob ich die Kraft hätte, weiterzumachen.

Und doch, was ist von all dem ins öffentliche Bewußtsein gedrungen? An was denken die Leute, wenn sie Frauenbewegung hören? Frauenverbandsarbeit? Denken sie an solche unerschrokkenen Menschen wie Luise Otto, Adelheid Steinmann, die nicht nur mit ganzer Kraft gesellschaftlich-politische Entwicklungen beeinflußten und Notwendiges in Gang setzten, sondern auch zu großartig kühner Partnerschaft fähig waren! Luise Otto, die 1851 sich im Zellengefängnis mit dem Freiheitskämpfer August Peters verlobte und ihn durch die Wirren des Freiheitskampfes hindurch in ihrer Freundschaft stärkte und 1858 im Dom zu Meißen heiratete; an Adelheid, geborene Holtzmann, die 20jährig den Geologen Steinmann heiratete, mit ihm von Straßburg nach Freiburg ging, in einem knappen Jahrzehnt Vorsitzende des Frauenbildungsvereins in Freiburg und bald deutsche Vorsitzende wurde, dies alles im Einverständnis mit ihrem Mann, was er besonders als Prorektor der Freiburger Universität bewies im Wintersemester 1898/99, als es um die Vollimmatrikulation der Studentinnen ging?

An was so durchschnittlich gedacht wird, ist heute durch Nachrichtenagenturen, Massenmedien, Fernsehbilder bestimmt. Und da gerät Sensationelles schneller in die Schlagzeilen, als was durch einzelne Seminare, Kurse, UN- und UNESCO-Kommissionen für die Frauen in der Welt geschieht. Zum Beispiel hört man von den zahlenmäßig größten Frauenzusammenschlüssen so gut wie nichts. Wenn man die Sportfrauen außer acht läßt (hier gibt es in den Sportverbänden ja eigene Strukturen), dann haben die katholischen und dann die evangelischen Frauenverbände in der Bundesrepublik die meisten Mitglieder. Sie haben wichtige Themen, die großen innerkirchlichen Fragen, die zu lange an den Frauen vorbeibehandelt wurden, religiöse, theologische, ökumenische Themen, die nach der Bearbeitung von Frauen verlangen, internationale Aufgaben, Stärkung der selbständigen Arbeit der religiösen Verbände in Südamerika, in Afrika, auch Fragen weiblicher Repräsentanz in Kirchengremien. Diese unabhängige Verbandsarbeit, für die die Gründerin des Evangelischen Frauenbundes (1899) Gertrud Knutzen und für den Katholischen Frauenbund die erste Vorsitzende Emilie Hoffmann (1903), für den Jüdischen Frauenbund Bertha Pappenheim und Sidonie Werner (1904) den Weg wiesen, hat auch mehr oder minder die traditionell konfessionellen Vereine mit umgestaltet, wenn auch die angegebenen großen Zahlen kein Ruhekissen bedeuten können. Nicht alle die Millionen Mitglieder sind ihrem Talent gemäß aufgeweckt, engagiert, urteilsfähig und gestalten so das Verbandswesen und das innerkirchliche Leben mit. So geht es auch bei den staatsbürgerlichen, bei den Berufsfrauenverbänden, den Frauen, die in Parteien Mitgliedsbeitrag zahlen. Wie steht es um deren Gesprächsfähigkeit mit jüngeren Frauen, jungen Mädchen?

Dennoch, die Situation ist wesentlich besser als in der Weimarer Zeit. Es gibt ein fast flächendeckendes Netz in der Bundesrepublik von Frauengruppen, die in einem überregionalen und internationalen organisatorischen Zusammenhang stehen.

Aber was nun bedeuten die internationalen Frauenzusammenschlüsse? Dieses Gebiet blieb von den Massenmedien besonders unbelichtet. Und doch ist hier eine Menschheitshoffnung. Schon bei den großen Gründungen wurden Leitworte gefunden, die bei aller Kühnheit des Vorgehens (- wie z. B. Hoda Charawy, die 1923 die ägyptische Frauenunion gründete, eine große Versammlung einberief und vor aller Augen demonstrativ den Schleier ablegte -) durch ihre Verantwortlichkeit überzeugen. Der International Council of Women (ICW – der Internationale Frauenrat) schrieb 1888 in Washington DC/USA unter seine Präambel: Do unto others as ye would that they should do unto you (Tue andern, wie Du glaubst, daß man Dir tun soll). Die International Alliance of Women (IAW - Internationale Frauenallianz), faßte bei ihrer Gründung 1904 in Berlin das gleiche kürzer: Equal Rights - Equal Responsibilities (Gleiche Rechte - gleiche Verantwortung).

Über Zeit und alle geographische Distanz hinweg sieht man aus den Programmen die Bestrebung: Selbstentfaltung der Frauen, ihre intellektuelle und Persönlichkeitsbildung mit der Verantwortung für die Familienaufgaben und für das Ganze in ein schöpferisches, dynamisches Gleichgewicht zu bringen. Hier sind weltweit seit der Jahrhundertwende Traditionen der Verständigung und Toleranz gewachsen, die Gabe des Zuhörenkönnens, des Miteinandersprechens selbst dann noch, wenn Katastrophen schier unüberwindbare Gräben aufgerissen haben. Ein Beispiel in dieser Richtung: Bereits 1946 begann die französische staatsbürgerliche, soziale Frauenunion einen Frauenweltkongreß vorzubereiten gegen verbitterte öffentliche Widerstände. Sie überzeugte die Öffentlichkeit, daß gerade jetzt die Mütter der Welt die einzigen seien, die miteinander sprechen könnten und miteinander über den Frieden sprechen müßten. Und es gelang ihnen, deutsche Frauen dabeizuhaben. Ihr jungen Frauen könnt euch ja kaum vorstellen, was für eine Grenzüberwindung das war.

Auf diesem Hintergrund muß man verstehen, was Kurt Waldheim meinte, als er 1976 – übrigens zum ersten Mal in der UN-Geschichte – einen Frauen-Weltkongreß, den der IAW (Intern. Frauenallianz), in New York im UN-Gebäude eröffnete: es sei mehr als angemessen, daß diese wichtige, regierungsunabhängige Organisation ihre Konferenz im Hauptgebäude der Vereinten Nationen abhalte. Es symbolisiere die enge Arbeitsverbindung, die zwischen den Vereinten Nationen, den dort repräsentierten Mitgliedstaaten und der *regierungsunabhängigen Weltgemeinschaft* bestehe, auf deren Unterstützung die Vereinten Nationen so stark angewiesen seien, damit ihre Bemühungen, eine friedliche und in jeder Beziehung ausgewogene Weltordnung zu schaffen, erfolgreicher und wirkungsvoller würden.

Ach Hildegard, wenn ich das jetzt tippe, klingt auch mir das trocken und ein bißchen deklamatorisch, wenn ich an eine unbefangene Leserin des Briefes denke. Aber ich war dabei. Und da klang es ganz anders. Wir waren Frauen aller Kontinente, Rassen, Farben. Alle empfanden das Einzigartige der Stunde. Wir hatten vor Augen, hier hatten *die* Frauen einen Status, eine Aufgabe, Berechtigung und Anerkennung, als Kurt Waldheim auf den Wert der freundschaftlichen internationalen Beziehungen regierungsunabhängiger Frauenverbände für die Lösung großer Menschheitsgefahren, wie Umweltverschmutzung, Massenarmut, Arbeitslosigkeit, Kindersterblichkeit und anderer Familienbedrohungen, hinwies und mit folgendem schloß: „Wenn man die Frauen zusammenbringt, kommt die Welt in Ordnung. Besonders die Organisation, die in ihrem Motto ‚Gleiche Rechte' mit ‚Gleicher Verantwortung' verbindet, ist vorausbestimmt, durch beharrliche Arbeit an vielen Punkten der Erde im Wettbewerb um bessere Chancen auf dem Arbeitsmarkt, in Kultur und

Wirtschaft, der *einfachen Gerechtigkeit* und damit dem Weltfrieden zum Sieg zu verhelfen. Das ist die Vorarbeit für den großen Weltkongreß 1980" (der die 1. Bilanz des UN-Jahres der Frau zieht).

Das alles aber, Schwiegertochter, ist ein Kapitel, das bei uns nicht und nicht nur nicht bei den meisten „Leuten", sondern auch nicht bei den Politikern und auch nicht bei Journalisten ins Bewußtsein gedrungen ist! Regierungsunabhängig arbeitende, ehrenamtliche Verbände, beim Völkerbund noch total ignoriert, haben heute bei den Vereinten Nationen einen Status, und zwar durch den Artikel 71 der UN-Charta. Voraussetzung ist, daß sie weisungsungebunden, also im strengen Sinn unabhängig aus eigener Verantwortung örtlich, überregional und international arbeiten.

Regierungsunabhängig, das ist *nongovernmental*, das ist die Voraussetzung für den UN-Beraterstatus, dessen erste Kategorie, die ICW und IAW haben, bedeutet, den Sitzungen beizuwohnen, sich zu Wort zu melden, ein Papier von zweitausend Worten vorlegen zu können.

Hildegard, das hat unheimliche Konsequenzen. Du weißt, ich habe als internationale Vorsitzende der IAW-Erziehungskommission eine solche Aufgabe bei der UNESCO zu erfüllen. Zum Glück habe ich als Studentin schon internationale Kongresse mitgemacht und etwas von den organisatorischen Vor- und Nachbereitungen erlebt, in England an Debattenwettbewerben teilgenommen, so daß mir die offiziellen Redewendungen in englischer Sprache bei Seminar- und Diskussionsführung, beim Stellen und Debattieren eines Antrags nicht fremd sind. Aber wie kann man sich je für das Inhaltliche genügend vorbereiten? Etwa einen fundierten Überblick bekommen über das Analphabetentum in Südamerika und Afrika und warum welche Programme auch funktionaler Alphabetisierung für Frauen bis jetzt gescheitert sind, welche einen Ansatz für Erfolg zeigten? Wie steht es z.B. da mit den Frauen der Scheichtümer? Wie kann man dort einen Weltfrauenverband vertreten, wenn im eigenen Land einem die Leute sagen: „Was kümmern Sie sich um die Frauen in einem so weit entlegenen Land? Bei uns gibt es doch auch noch Elend!" Warum wissen wir noch nicht, daß wir hier bei uns genug Talente haben, verschiedenartige Talente, die sowohl etwas für die Menschen im Elend hier als auch für solche anderswo tun können? In der Tat, unsere Mitgliedschaft in den Vereinten Nationen ist noch jung, aber wir müssen aufwachen und lernen, was sich daraus ergibt.

Es muß mehr Gruppen geben, die sich laufend informieren und urteilsfähig werden und einem zuarbeiten, damit man *die* NGO-Meinung des eigenen Landes mit den Meinungen der anderen Mitgliedsländern vergleichen, verschmelzen kann. Denk nur an die Sachaufgaben, die Waldheim aufgezählt hat. Das muß schwerpunktartig von Gruppen bearbeitet werden. Aber auch Neues muß aufgegriffen werden. Wir können es vorbringen. Wir werden gehört.

Ich meine, damit ist doch wirklich deutlich, daß das nur im Rahmen von Verbandsarbeit geht. Und es ist nicht nur eine Last, sondern gibt Aufschwung, denn es drängt die Sorgen der eigenen Existenz in gemäße und gemäßigtere Proportionen.

In herzlicher Verbundenheit
die Deine. *Grete Borgmann*

GRETE BORGMANN, geb. 1911 in Koblenz, studierte neben Sprachen und Kunstgeschichte Psychologie und Heilpädagogik. Auslandsaufenthalte vermittelten ihr reiche Erfahrungen mit sozialen und pädagogischen Einrichtungen in England, den USA, Asien und Afrika.
Sie ist seit 1949 Mitglied des Deutschen Frauenrings, baute die Freiburger Erziehungsgruppen auf, von 1964–1977 Ortsringvorsitzende, seit 1976 Vizepräsidentin des Deutschen Frauenrings, von 1970–1973 deutsche Delegierte in der internationalen Erziehungskommission der IAW, ab 1973 Vorsitzende dieser Kommission, ab November 1977 Mitglied des Standing Committee der UNESCO für die NGO (regierungsunabhängige Verbände).
Journalistische Arbeit, 3 Bücher, Buchübersetzungen, Mitarbeit im Wörterbuch der Politik - Herder, bei verschiedenen Sammelbänden, seit 1953 in der Erwachsenenbildung tätig, seit 1935 verheiratet mit Dr. Karl Borgmann - vier Kinder, elf Enkelkinder.

BRIGITTE ERLER

Vom männlichen „Innenleben" unserer Parteien

Liebe Helga,

ich nehme an, Du bist in keiner Partei. Und alles, was Du von Parteien und Politik weißt, schreckt Dich auch davon ab, Mitglied zu werden. Vielleicht hast Du im Fernsehen schon mal Ausschnitte aus Bundestagsdebatten miterlebt, von denen Du kein Wort verstanden hast. Es hat Dich wahrscheinlich entsetzt, wie „die da oben" miteinander reden und sich gegenseitig beschimpfen. Du hast Dir eingestehen müssen, daß Du überhaupt nicht beurteilen kannst, wer da eigentlich recht hat und wer nicht. Also denkst Du, es ist das Beste, sich da rauszuhalten, aus der Politik, aus diesem „schmutzigen Geschäft". Und da Du weißt, daß Politik auch von den politischen Parteien gemacht wird, hältst Du es dann auch für richtig, Dich aus der Partei herauszuhalten.

Manchmal fragst Du Dich vielleicht, was das eigentlich für Leute sind, die da mitmachen und die doch auch offenbar noch Spaß daran haben. Oder ist noch irgend etwas anderes so reizvoll daran, daß so viele ehrenamtlich viel Freizeit opfern? Denn die Zahl der sogenannten Berufspolitiker – die nämlich dafür bezahlt werden, daß sie Politik machen – ist ja relativ klein. Es ist sicher nicht gerade typisch für eine Frau in der Politik, Bundestagsabgeordnete zu werden, aber vielleicht können meine Erfahrungen auf dem Weg dorthin doch dazu beitragen, insbesondere junge Frauen zu ermutigen, in eine Partei einzutreten oder sich sonst politisch zu betätigen.

Ich habe mich eigentlich schon sehr früh für Politik interessiert, und zwar insbesondere für die Probleme der Dritten Welt, obwohl mir damals wahrscheinlich nicht bewußt war, daß diese Probleme etwas mit Politik zu tun hatten. Sicher hat mich der missionarische Eifer, den ich in meinem religiösen Elternhaus mitbekam, nicht ganz unberührt gelassen. Zum Teil war es aber auch einfach Abenteuerlust und der „exotische Duft der großen weiten Welt“, die mich faszinierten.

Mit vierzehn veranstaltete ich in meiner Schule eine Sammlung für Sozialarbeit in Indien und erlebte dabei auch gleich die Tükken solcher „Entwicklungshilfe“. Zur besseren Motivation meiner Mitschülerinnen hatte ich nämlich einen indischen Studenten zum Vortrag eingeladen, ohne vorher bedacht zu haben, daß er aus der Oberschicht kam und entsprechend – aber auch aus Nationalstolz – sein Land in den rosigsten Farben malte: Hunger gebe es nicht, und überhaupt sei zu Hause alles ganz toll und in Ordnung. Das ermunterte natürlich niemanden, Geld für Sozialarbeit in Indien zu sammeln oder zu spenden.

Ebenso vermochte ich meine Gruppe in der Pfarrjugend nur mit Mühe zur Hilfe für arme Perser zu motivieren, da der nicht ganz unberechtigte Einwand kam, erst mal sollten doch die reichen Perser was für ihre armen Landsleute tun.

Nach einer Reihe solcher Erlebnisse und z. T. bitterer Erfahrungen wandelte sich mein humanitäres Mitgefühl zu politischem Engagemnt, denn mir war deutlich geworden, daß ich um die Auseinandersetzung mit den Ursachen der Armut in den Ländern der Dritten Welt nicht herumkam. Eigentlich hätte ich damals resignieren müssen. Denn ich sah ein: kleine oder auch große Sammlungen hier und dort würden in diesen Ländern nichts verändern. Ändern mußte sich die Politik. Die Politik jener Länder konnte ich sicher nicht beeinflussen. Aber die Politik in unserem Land, die wollte ich nicht nur anderen überlassen. Deshalb interessierte ich mich für Politik und insbesondere unsere Wirtschaftspolitik gegenüber den Ländern der Dritten Welt. Und weil mir klar war, daß ich für mich allein nichts würde verändern können, gab es nur einen Weg: ich mußte mich einer Organisation anschließen, in der ich mit Gleichgesinnten versuchen konnte, zu erreichen, was mir wichtig erschien. Das war zunächst die Gewerkschaft, aber dann schließlich die sozialdemokratische Partei.

Dies war mein Weg. Und ich weiß, er ist nicht typisch für eine Politikerin, wie wir sie uns so vorstellen. Aber welche politisch aktive Frau Du Dir auch vornehmen wirst, immer wirst Du entdecken, daß es diese „typische Politikerin“ gar nicht gibt. Das mag zunächst erstaunlich sein, ist aber doch auch sehr tröstlich, finde ich. Jede Frau hat ihren eigenen Weg gefunden. Die Gebiete und Bereiche, für die sie sich interessierte und engagierte, haben sich oft erst viel später herauskristallisiert, haben auch oft gewechselt, und in vielen Fällen sind Frauen gar nicht Spezialistinnen oder Expertinnen auf einem bestimmten Gebiet, sondern fühlen sich einfach nur verantwortlich für ihre Umwelt und wollen da mitgestalten und mitbestimmen.

Aber eine Erfahrung haben wir alle sicher gemeinsam gemacht. Und wahrscheinlich ist das die wichtigste: Die Partei – welche auch immer – hat nicht gerade auf uns gewartet! Zwar hören wir immer wieder den Ruf „Mehr Frauen in die Politik!" Aber niemals hören wir: Du, Helga, oder Du, Brigitte, wirst gebraucht. Die Parteiarbeit läuft auch ohne uns. Das erleben wir in der SPD seit über 110 Jahren. Aber sie läuft nicht mehr gut ohne uns. Wenn Du mich nun aber fragst, was denn tatsächlich besser liefe, wenn ausgerechnet Du mitmachtest, dann gerate ich in arge Verlegenheit. Denn ich stelle mir gerade vor, wie Du Deine erste Parteiversammlung erlebst und mit welcher riesigen Enttäuschung Du da fertig werden mußt. Wahrscheinlich läuft es so ab:

Man lädt Dich zu einer Versammlung ein, da kennen sich alle untereinander, vorne sitzt einer – ein Mann natürlich – der mit lauter Stimme irgendwelche Tagesordnungspunkte aufruft, andere versuchen, die Reihenfolge mit Hilfe von sogenannten Geschäftsordnungsanträgen umzudrehen, selten versteht man alles, weil an den Tischen alle untereinander quatschen. Dann reden endlich einige Männer ellenlang und mit brillanten Redewendungen zur Sache, bis endlich die Redezeit begrenzt wird. Schließlich fordert einer „Schluß der Debatte", einige sind sauer, weil sie noch etwas Wichtiges sagen wollten, aber nun nicht mehr drankommen. Und ehe man sich's versieht, ist man schon in der Abstimmung und darf überhaupt nichts mehr sagen. Dann verkündet die Vorsitzende ein paar Termine und entläßt die Parteifreunde mit guten Wünschen auf den Heimweg. Ein Blick auf die Uhr: noch eine halbe Stunde bis Mitternacht. Andere junge Frauen kommen gerade mit unternehmungslustigen Begleitern aus den Kinos ...

Ich sehe förmlich Dein enttäuschtes Gesicht vor mir, Helga, und bestimmt wird es Dich nicht verwundern, daß für viele, die sich für Parteiarbeit interessierten, ihr erster Kontakt auch schon ihr letzter war: alles hatten sie sich anders vorgestellt. Und es fällt auf, daß Frauen diese erste Begegnung noch seltener positiv überstehen als Männer.

Und doch ist es sicher ein Fehler, solche Abende und dann die gesamte Parteiarbeit für vergeudete Zeit zu halten. Bei näherem Hinsehen zeigt sich, daß Tagesordnung, die Reihenfolge der Wortmeldungen, Geschäftsordnungsanträge, harte Debatten und Abstimmungen ihren Sinn haben: sie regeln eine gewaltfreie Vertretung verschiedenster Interessen, die sich schließlich mit unterschiedlichem Anteil in der Meinung der Mehrheit wiederfinden. Wer die Trampelpfade durch das Satzungsgestrüpp einmal kennt, kann mitmachen. Seine Chancen sind dann fast so gleich wie die der Routiniers, die durch einen Geschäftsordnungstrick noch aus einer drohenden Niederlage einen Sieg machen oder mit einem dramatischen Appell die ganze Stimmung einer Versammlung ins Gegenteil verkehren können.

Solche Regelungen für das Austragen von Konflikten, Interessengegensätzen und Meinungsverschiedenheiten sind keine Selbstverständlichkeit. Viele Generationen mußten in Deutschland große Opfer bringen, bis die politische Demokratie bei uns Wirklichkeit wurde. Und auch jetzt noch können wir sie keine Minute ohne Schutz lassen. In den Parteien erleben wir die „Umgangsform Demokratie" mitsamt den Unsitten, die an ihrem Rand blühen. Du bist gezwungen, Dich mit Leuten auseinanderzusetzen, die außer dem Parteibuch so ziemlich nichts mit Dir gemeinsam haben. Trotzdem treten sie mit dem Anspruch an Dich heran, mit Dir gemeinsam etwas erreichen zu wollen.

Das ist eine gewaltige Herausforderung.

Wie kannst Du sie annehmen?

Und warum solltest Du?

Du sagst vielleicht, Du würdest Dich nie trauen, in einer größeren Versammlung zu reden. Vor lauter Aufregung würdest Du sicher vergessen, was Du sagen wolltest. Und vielleicht weißt Du auch nicht, was Du überhaupt sagen solltest, weil Du einfach noch keine Meinung zu vielen Dingen hast.

Ich weiß, es tröstet Dich nicht, wenn ich Dir sage, daß mir noch heute vor einer größeren Rede ganz schlecht ist und auch bei mir trotz häufiger öffentlicher Reden die Angst keineswegs besiegt ist. Ich glaube auch, daß die wenigsten Redner frei davon sind, sie können es wahrscheinlich nur ganz gut überspielen.

Schließlich ist aber das Redenhalten allein auch nicht Parteiarbeit. Versammlungen gehören dazu, aber genauso gehören die kleinen Arbeitsgruppen dazu, in denen bestimmte Thesen und Probleme diskutiert und Ergebnisse formuliert werden, in denen man nur zuhören kann, wenn man will, in denen man ohne Angst auch „dumme“ Fragen stellen kann. Parteiarbeit findet auch in Arbeitsgemeinschaften statt, in denen bestimmte Personengruppen ihre ganz speziellen Probleme diskutieren oder auch an Projekten arbeiten.

So glaube ich zum Beispiel, daß gerade die Arbeitsgemeinschaft sozialdemokratischer Frauen (AsF) vielen Frauen den Weg in die Partei erleichtert hat. Hier kommen sie in kleinen Gruppen zusammen, in denen sie versuchen, die Situation der Frauen zu verbessern. Manchmal sprechen sie aber auch gar nicht über Politik, sondern über sich, über ihre Rolle in ihrer Familie, in dieser Gesellschaft. Sie machen sich gegenseitig Mut, aber setzen sich auch auseinander, haben Konflikte und Meinungsverschiedenheiten zu bewältigen. Hier können sie üben, werden nicht an Männern gemessen, finden hier ihren eigenen Stil, zeigen die Probleme auf, die für sie wichtig sind. Und irgendwann kommt der Wunsch nach gemeinsamer Aktion. Und hier wird vielen deutlich: Frauen gemeinsam sind stark!

Gerade für eine junge Frau wie Dich, Helga, sehe ich hier große Chancen, zu lernen, Dich selbst zu verwirklichen. Und das heißt doch: herausfinden, wer Du bist und welches Deine Rolle in dieser Gesellschaft sein könnte.

Solange Du noch nicht verheiratet bist und keine Familie hast, wäre es sicher einfach, Dich einer Gruppe anzuschließen, Dich zu engagieren, wenn Dich etwas interessiert, oder Dich für etwas einzusetzen, wenn Du es für wichtig hältst. Das muß ja nicht gleich eine Partei sein. Das kann eine Bürgerinitiative oder Frauengruppe sein, im Betrieb oder am Arbeitsplatz gibt es immer Gruppen, die sich zusammenschließen, um gemeinsam ihre Interessen zu vertreten. Ich finde eben, daß es wichtig ist, daß wir überhaupt wahrnehmen, was um uns herum vorgeht, und nicht traurig und resigniert die Hände in den Schoß legen und es anderen überlassen, *unser* Leben zu gestalten und zu bestimmen.

Natürlich wird jedes Engagement schwieriger, wenn erst mal kleine Kinder da sind oder gar der Ehemann nicht will, daß man etwas ohne ihn tut.

Aber kommt Dir dabei nicht auch die Frage, wieso Männer es durchaus schaffen, ihre Rollenzwänge zu überwinden: wie sie es schaffen, Ehemann und Familienvater zu sein, einen Beruf zu haben und sich noch in Partei, Gewerkschaft oder einem Verein zu engagieren und sich dadurch selbst verwirklichen können? Natürlich schaffen sie das nur auf Kosten von Frau und Familie, wirst Du sagen. Die sind es, die zurückstecken müssen. Gut. Aber wäre es nicht richtig, wenn auch der Mann zugunsten der Frau zurücksteckt, damit *sie* sich verwirklichen kann? Im neuen Eherecht ist deutlich zum Ausdruck gebracht, daß Mann *und* Frau für Familie und Haushalt verantwortlich sind. Mir ist klar, daß es bei uns in den meisten Familien heute noch anders aussieht. Da bleibt Muttern daheim, und arbeitet sie trotzdem, so fühlt sie sich zusätzlich noch für Familie und Haushalt verantwortlich, derweil Vater sich tummelt und Anerkennung und Bestätigung findet, sicher auch Mißerfolge und Niederlagen einsteckt, auf anderem Gebiet aber auch wieder Erfolg hat und daraus Kraft und Motivation gewinnt, weiterzumachen und Neues anzufangen.

In Euch junge Frauen setzen wir so viel Hoffnung, daß Ihr diese scheinbaren Zwänge „Frau ins Haus, Mann ins feindliche Leben" durchbrechen helft. Die älteren Frauen kommen viel schwerer aus ihrer diktierten Rolle heraus, was deshalb besonders schlimm ist, weil sie heute mehr und mehr und nicht zuletzt durch die Frauenbewegung erkennen, wie verfahren und fremdbestimmt ihre Situation ist.

Und das meine ich, Helga, wenn ich sage, daß hier eine Chance für Dich als junge Frau liegt: frühzeitig zu erkennen, welches Deine Rolle in dieser Gesellschaft und damit auch in Deiner Familie und Deinem Freundeskreis ist. In einer Gruppe mit Gleichgesinnten Deine Interessen erkennen, vertreten und durchsetzen zu lernen, das ist – auch und gerade – in einer politischen Partei möglich. Und notwendig! möchte ich hinzufügen. Deshalb brauchen wir mehr Frauen, junge Frauen, Dich!

Deine Brigitte Erler

BRIGITTE ERLER, geboren am 5. Mai 1943 in Berlin, verheiratet. 1961 Abitur. Studium der Fächer Geschichte, Latein und Politische Wissenschaft in Berlin, Marburg und Freiburg; 1967 erstes, 1969 zweites Staatsexamen für das Lehramt an Gymnasien; 1970 bis 1972 wissenschaftliche Mitarbeiterin bei der Studiengruppe für Systemforschung und bei der Verwaltung des Deutschen Bundestages. 1973 Mitarbeiterin von Bundestagsabgeordneten; seit 1974 Hilfsreferentin im Bundesministerium für wirtschaftliche Zusammenarbeit, zuletzt im Referat Ostafrika.
Seit 1970 Mitglied der SPD. Seit 1968 Mitglied der Gewerkschaft Erziehung und Wissenschaft, seit 1974 der ÖTV, Vertrauensfrau.

DOROTHEA FRANDSEN

Der öffentliche Dienst braucht Frauen in leitenden Positionen

Liebe Leserin,

wäre ich Journalistin geworden, so würde ich, ehe ich diesen Artikel schriebe, zunächst aus dem Haus gegangen sein, um in der heute üblichen Weise den Mann (die Frau) auf der Straße zu befragen: „Was fällt Ihnen beim ‚öffentlichen Dienst' ein?" Vom Mann auf der Straße, der stets besser ist als sein Ruf und hierzulande, wenn er seine Verdutztheit überwunden hat, meist von treffsicherer Diktion, würde ich vielleicht folgendes hören:

„Die Schalterbeamten sind alle mürrisch ..."

„... es sei denn, sie frühstücken gerade, und dann ist die Scheibe runter!"

„Die vom Sozialamt (der Krankenkasse, der Unfallversicherung) tun immer so, als ob sie alles aus der eigenen Tasche bezahlen müßten ..."

„... und die Vorgesetzten, die sind nie ansprechbar, entweder auf Sitzungen oder auf Dienstreisen!"

„... oder, wenn man sie mal zu fassen kriegt, noch arroganter!"

„Die Verkehrspolizisten, kleine Könige in Uniform und mit Trillerpfeife ..."

„Na, die ‚Bullen' überhaupt ..."

„Ich kenne da jemand, keine Ausbildung, keine berufliche Erfahrung, aber in der richtigen Partei: jetzt sitzt er fett in der Stadtverwaltung, kriegt Beihilfen und ist pensionsberechtigt ..."

„Bei ‚denen da oben' ist das doch ähnlich! Ich sage nur: ‚Hermelinflöhe'!"

„Ja, und im ‚Stern' stand es auch vor einiger Zeit: ‚Beamte, immer mehr, immer teurer, immer träger' ..."

Eine weitere Frage, und zwar nach ‚Frauen im öffentlichen Dienst', könnte etwa folgende Resonanz haben:

„Lehrerinnen! Andauernd kriegen sie Kinder! Meine Tochter (Lehrerin, noch ledig) ... mein Sohn (Studienrat) muß mal wieder so eine mit durchschleppen..."

„... bei meiner Kleinen fielen viele Stunden sogar ganz aus; der Rektor sagt, Ersatz bekäme er nicht, und da reden sie immer von Lehrerschwemme..."

„Eine Nachbarin wollte ein Kind adoptieren; tagelang schnüffelten da die Fürsorgerinnen in ihrem Haushalt, in ihrer Familie herum..."

„... und die Politessen mit ihren ewigen Knöllchen; ich glaube, die kriegen Prozente!"

Ich bin nicht Journalistin geworden, doch davon später.

Sie werden unschwer erkannt haben, daß hier handfeste Vorurteile deutlich wurden, wie sie jedoch vielfach in der Öffentlichkeit, in Magazinen, in Filmen, im Fernsehen, aber auch aus dem Munde vieler Freiberufler tatsächlich geäußert werden. Die Kette der Witze über den gesunden Büroschlaf, über pausenlose Beförderungen bei stets gleicher Arbeit, auf dem gleichen Pöstchen reißt nicht ab. Übrigens: Haben Sie schon mal eine Witzzeichnung gesehen, auf der ein weibliches Wesen am Schreibtisch schlief? Der Schläfer ist immer ein Mann!

Vorurteile bergen meist einen harten Kern in sich. Die Massenmedien – mitschwimmend in dem allgemeinen Trend der Abneigung der vergangenen Jahre gegen Autorität, Hierarchie, das „Preußische", gegen „Zwänge" schlechthin, ein Trend, der vorgenannte Begriffe mit Inhumanität generell gleichsetzt – haben aber viel dazu beigetragen, die Kluft zwischen dem Publikum und dem öffentlichen Dienst – zwischen „Bürgern und Bürokraten" (so eine beliebte Hörfunkreihe im Westdeutschen Rundfunk) – künstlich zu vergrößern. Bürger ist etwas Feines; man denkt an Mitbürger, mündige Bürger, Bürgerrechtler, honorig und unerschrocken. Bürokrat hingegen? Schon die Wortwahl ist diskriminierend.

Bei dieser Ausgangssituation fällt es mir nicht leicht, Ihnen über die Situation der Frauen im öffentlichen Dienst zu berichten, ja, Ihnen sogar Mut zu machen zu einer solchen Tätigkeit, die viel zu wichtig ist, um sie den Männern allein zu überlassen, und die andererseits so optimal und reibungslos, von außen unbemerkt ausgeübt werden sollte wie die der Hausfrau im privaten Bereich.

Dieser Vergleich drängt sich geradezu auf, denn Begriffe wie Haushalte – öffentliche Haushalte, Haushaltsplanung, Haushaltsbudget spielen im öffentlichen Dienst eine besondere Rolle. Beide Bereiche sollten laufen wie eine gut geölte Maschinerie; daß gegenwärtig über beide soviel Wehklage erhoben, bei beiden soviel Wind gemacht wird, ist ein sicheres Zeichen für die Notwendigkeit einer Klärung, von Verbesserungen, zu denen Sie mit aufgerufen sind. Frauen, so meine ich, hätten dafür ein „Händchen", wie Altbundeskanzler Erhard gern sagte. Es geht nicht um die Struktur des öffentlichen Dienstes an sich, sondern um den Abbau des „machismo" gerade in diesem für die Gesellschaft so wichtigen Bereich.

Nun werden Sie, liebe Leserin, fragen: Wie kommen Frauen in den öffentlichen Dienst? Wann und warum entschließen sie sich dazu?

Ich möchte nicht verhehlen, daß der öffentliche Dienst – mit seiner zumindest für Beamte lebenslangen Bindung – den Frauen meist nicht als das Ziel ihrer Lebensplanung vorschwebt. Man strebt ihn nicht an, man gerät in ihn hinein. Dies gilt für fast alle akademischen Ausbildungsgänge, die man nach Neigung und Eignung beginnt. Erst später stellt man fest, daß etwa 3/4 von ihnen in den öffentlichen Dienst münden. Erst nach dem zweiten Staatsexamen eröffnet sich z. B. für den Juristen ein breites Spektrum von Justiz, Verwaltung, Beratung, Forschung, Lehre, Planung, Politik bis zur internationalen Zusammenarbeit; Entsprechendes gilt für den Wirtschafts- und den Sozialwissenschaftler. Auch Mediziner haben nicht von Anfang an eine Laufbahn des Gesundheitsdienstes im Auge. Viele Philologinnen, z. B. Mathematikerinnen, Naturwissenschaftlerinnen, Absolventinnen eines Sprachenstudiums, die sich ursprünglich geäußert hatten, daß sie keinesfalls Lehrerinnen werden möchten, finden sich doch später im Lehrberuf, also auch im öffentlichen Dienst wieder.

Ferner können viele nichtakademische Ausbildungsgänge – des Gesundheitswesens, der Sozialarbeit, der Bereiche der Ernährung, der Landwirtschaft und der Hauswirtschaft – in den öffentlichen Dienst oder in entsprechende Sonderzweige mit verwandten Strukturen münden.

Die Frage nach der Entscheidung erst nach Abschluß der Ausbildung stellt sich nicht, wenn die praxisnahen gehobenen oder mittleren Laufbahnen des öffentlichen Dienstes beschritten werden: z. B. in der inneren Verwaltung, im Auswärtigen Dienst, in der Finanz-, der Arbeits-, der Bahn-, der Postverwaltung, in der Sozialversicherung, in der Rechtspflege, ja sogar in der Bundeswehrverwaltung. Hier wird der Verbleib im öffentlichen Dienst in der Regel eingeplant.

Sie werden bei der vorausgegangenen Aufzählung sicher schon bemerkt haben, daß viele Berufe angesprochen wurden, die Frauen gern ergreifen oder die sogar als typische Frauenberufe bezeichnet werden. Man hat sich leider daran gewöhnt, unter Frauenberufen durchweg untergeordnete, schlecht bezahlte Tätigkeiten zu verstehen, bar jeder Aufstiegschancen, in Krisenzeiten – wie gegenwärtig bei Rezession und Strukturwandel – durch Arbeitslosigkeit gefährdet, die dann häufig zu einem endgültigen Rückzug aus dem Arbeitsleben führt. Demgegenüber zeichnen sich die angeführten Berufe durch geregelte Ausbildungsgänge, durch Ansehen und angemessene Bezahlung aus.

Im Zuge des modernen Gleichberechtigungsverständnisses, zunehmend aber auch aus wirtschaftlichen Gesichtspunkten sind in verschiedene Frauenberufe auch junge Männer eingedrungen. Ich möchte an dieser Stelle nicht den Fragenbereich erörtern, warum so viele Berufe gerade auch noch in modernen Industriegesellschaften, in denen die Mühsale schwerer körperlicher Arbeit mehr und mehr beseitigt wurden, „geschlechtsspezifisch", d. h. entweder überwiegend von Männern oder überwiegend von Frauen, ausgeübt werden. Sicherlich könnten für Frauen, gäbe es nicht die Rezession, weit mehr als bisher Facharbeiter-, Ingenieur- und Technikerberufe erschlossen werden, und sicherlich könnten sich noch mehr Männer die sogenannten Frauenberufe – vor allem die Pflegeberufe, die Heilhilfsberufe, Berufe der Pädagogik und der Sozialarbeit - erobern.

Dem Dogma der völligen Austauschbarkeit, dem in den vergangenen Jahren viele junge Leute anhingen, steht die Überzeugung der alten Frauenbewegung gegenüber, daß beide zwar vieles gleich gut machen, daß aber Männer dieses, Frauen jenes besser machen könnten; Mann und Frau seien eben, wie Helene Lange einmal sagte, „kein zufälliger Witz der Natur". In den Enthusiasmus über die erste männliche Hebamme oder den Kindergärtner hätte letztere sicherlich nicht mit eingestimmt, von einer Masseneinwanderung kann man gegenwärtig wohl auch noch nicht sprechen. Vor dem Dogma der völligen Austauschbarkeit möchte ich gegenwärtig auch aus Gründen der Zweckmäßigkeit warnen: Es bedeutet eine Gefahr für die Frauen. Es könnte in den jetzigen Krisenzeiten zur weiteren Eliminierung von Frauen aus dem Arbeitsleben führen gerade in den Berufen, die man ihnen bisher noch ganz oder teilweise überlassen hatte, gerade auch im öffentlichen Dienst. In manchen Sparten könnte schon der Wunsch nach Parität gefährlich sein. Ich möchte allerdings nicht verhehlen, daß wir für das Eindringen junger Männer in Frauenberufe in gewissem Sinne dankbar sein sollten; die Berufe gerieten wieder mehr ins Blickfeld; ihr Prestige hob sich, die Bezahlung wurde besser. Das Wirken in Frauenberufen und in den von Frauen bereits erreichten sonstigen Positionen im öffentlichen Dienst sollte also mit Zähnen und Klauen verteidigt werden!

Nun werden Sie weiter fragen, liebe Leserin, wie gerade ich Ihnen Ratschläge für eine gezielte Lebensplanung geben könne, da ich doch einer Generation angehöre, deren Lebensweg in bewegten Zeiten in der Regel ein so wechselvoller, ein „atypischer" war? Dazu einige historische sowie persönliche Bemerkungen, gerade auch als Juristin:

Wer wie ich seine ihn wesentlich prägende Jugendzeit in dem frohen Glanz der 20er Jahre erlebt hatte, war fest davon überzeugt, daß das Kapitel „Diskriminierung der Frau" ein für allemal der Vergangenheit angehöre. Die deutsche Frauenbewegung – sowohl in ihrer bürgerlichen wie in ihrer sozialistischen Ausprägung – hatte ihre Ernte in die Scheuern eingefahren. Das Frauenwahlrecht war erkämpft, die Schöffenklausel beseitigt. Ärztinnen und Lehrerinnen hatten sich längst im Berufsleben durchgesetzt, die Frauenberufe im Sozialbereich waren entwikkelt und bereits in den öffentlichen Dienst integriert. Die ersten Juristinnen, Hochschulprofessorinnen, Pastorinnen kamen hinzu. Frauen drangen in weitere Berufe ein, an die die Pionierinnen der Frauenbewegung in ihren kühnsten Träumen nicht gedacht hätten. Sie wurden Fliegerinnen, sie fuhren Autorennen. Eine ganze junge Frauengeneration fühlte sich - vor allem auch durch den Sport - befreit, war emanzipiert. Der Geist, der an den vielen inzwischen aufgebauten Schulen, an denen Mädchen Abitur machen konnten, war geprägt von den Ideen der Frauenemanzipation als einer gerechten und notwendigen Sache. Weder von Vätern noch von Lehrern, später auch nicht von Hochschullehrern habe ich vor 1933 je ein abfälliges Wort über die Frauenemanzipation gehört.

Nach 1933 war das alles ganz anders. Die Frauenbewegung wurde zerschlagen, der Nationalsozialismus duldete überhaupt keine anderen Bewegungen neben sich. Es mag dahingestellt bleiben, wie zart das Pflänzchen Emanzipation seinerzeit noch war. So gefestigt, wie es den elitären Führerinnen der Frauenbewegung bereits erschien, war es sicherlich noch nicht, die Breitenwirkung fehlte. Aber die Nazis wären auch so mit ihr fertig geworden.

Mein Einzelschicksal in jenen Jahren: Ich wollte Journalistin werden, studierte Zeitungswissenschaft, außerdem Jura (Experten hatte uns geraten, ein „handfestes" Grundstudium sei besser; die Germanisten blieben zu leicht im Feuilleton hängen). Gern wäre ich – wie E. E. Kisch – ein fliegender Reporter geworden. Segelfliegerin war ich schon, der Motorflug sollte folgen. Hanna Reitsch, Elli Beinhorn waren damals unsere großen Vorbilder. Nach 1933 mußte ich den Traum vom Fliegen begraben; die Nazis, die damals schon insgeheim die Luftwaffe aufbauten, hatten alle Ausbildungsstätten in vormilitärische Schulungslager umgewandelt. Die Journalistik begrub ich dann auch; dieser Entschluß fiel nach 1933 nicht mehr schwer. Übrig blieb die „reine" Juristerei. Wie war es damals für Frauen um sie bestellt? Jurastudentinnen hatten sofort mit Diskriminierungen fertig zu werden. Es war zunächst ungewiß, ob sie zur Referendarprüfung zugelassen würden; dies wurde noch gestattet. Es war dann ungewiß, ob sie den Vorbereitungsdienst durchlaufen durften, der in der Regel mit der zweiten Staatsprüfung abgeschlossen wird; auch dies wurde noch erlaubt. Ab 1935 jedoch wurden für Assessorinnen die Berufe der Richterin und der Rechtsanwältin sowie die Laufbahnen des öffentlichen Dienstes gesperrt. Die neuen Machthaber wollten Juristinnen im Gerichtssaal weder vor noch hinter der Schranke sehen, und schon gar nicht Frauen an den „Schalthebeln der Macht", in Politik und Verwaltung. Ich besann mich zunächst auf meine Vorliebe für die Fliegerei; konnte man diese rechtlich ausschlachten? Ich doktorierte in Luftrecht; ich wurde Assistentin am Institut für Luftrecht, dem einzigen, das es in Deutschland gab (auch heute gibt es nur eins, und zwar an der Universität Köln). Aber für Frauen öffneten sich die Pforten der Luftfahrtverwaltungen, der Lufthansa, des Reichsluftfahrtsministeriums nicht. An eine wissenschaftliche Laufbahn war erst recht nicht zu denken. So nahm ich nach der Assessorprüfung an, was sich bot – eine Tätigkeit in der Sozialversicherung –, nicht ahnend, daß diese Entscheidung die Weichen für fast ein ganzes späteres berufliches Leben stellte.

Ich war im öffentlichen Dienst gelandet, wenn auch nicht im unmittelbaren – so vor allem der inneren Verwaltung –, sondern in einem Zweig der ähnlich strukturierten sozialen Selbstverwaltung; hier waren die Nazis im Hinblick auf Frauen nicht ganz so pingelig. Nach wie vor aber waren unsere Positionen gefährdet, kündigungsbedroht, ohne Aufstiegsmöglichkeiten. Wir blieben Angestellte, Beamtinnen konnten wir nicht werden. Es paßt in die Landschaft, daß wir in der Regel auch schlechter bezahlt wurden als unsere männlichen Kollegen in vergleichbaren Stellungen.

Dann kam der Krieg, und es wurde alles ganz anders. Fachkräfte wurden knapp, über Nacht waren Frauen gefragt, siehe da, man umwarb uns sogar. Vielen von uns glückte ein beruflicher Aufstieg, viele rückten in verantwortliche Positionen ein (was wir als schlichten Akt der Wiedergutmachung von Nazi-Unrecht betrachteten). Im Getümmel bewegter Jahre bleibt meist nicht viel Zeit zum Nachdenken: Später habe ich mich oft gefragt, ob Kriege sein müssen, damit Frauen beweisen, daß sie ihren Mann stehen können.

1945 schwang dann das Pendel wiederum in entgegengesetzte Richtung. Ohne Heimat, ohne Heim, ohne Habe, ohne Beruf, ohne Ehemann, nach Flucht und Vertreibung fand ich mich im Chaos der ersten Nachkriegszeit im Westen der späteren Bundesrepublik wieder. Der Sturz konnte nicht tiefer sein. In solchen Jahren der Verzweiflung, der vergeblichen Wiedereingliederungsversuche, des mühsamen menschlichen Zurechtfindens in fremder Umgebung ist man leicht geneigt, jede Hoffnung fahren zu lassen. „Nie, nie, nie wieder" – so sagte ich mir damals oft – „wirst du, Dorothea, in einer Verwaltung (einem Gericht, einer Anwaltskanzlei) als Juristin deines Amtes walten können, nie mehr werden für dich aus Aktenbündeln, Schriftsätzen, zwischen den Zeilen menschliche Schicksale aufleuchten können, nie mehr wirst du hier jemals wieder helfen, beraten, planen, entscheiden dürfen ..."

Und doch kam nach einigen Jahren das berufliche Comeback, befand ich mich plötzlich im Bundesdienst, konnte an frühere Laufbahnen wieder anknüpfen, den bisherigen Erfahrungsschatz verwerten: Im Sozialwesen bemühten wir uns um eine moderne Gesetzgebung, um eine humanere Welt. Ich wurde Bundesbeamtin, zunächst Regierungsrätin, was einen meiner kleinen Söhne - seinerzeit noch am Flüchtlingsort - dazu veranlaßte, in seiner Schulklasse stolz zu verkünden: „Meine Mutti regiert in Bonn!" Jahre später übernahm ich die Leitung des Frauenreferats, das 1950 zur Durchsetzung des nunmehr in den Grundrechten verankerten Gleichberechtigungsprinzips von Mann und Frau in der Verfassungsabteilung des Bundesministeriums des Innern eingerichtet worden war. Zu den Obliegenheiten dieses Referats gehört auch die Sorge für die gleichberechtigte Mitwirkung der Frauen im öffentlichen Dienst der Bundesverwaltung. Auf Wunsch der weiblichen Abgeordneten ist dem Deutschen Bundestag in regelmäßigen Abständen - jetzt alle drei Jahre – über diese Situation zu berichten; ihr besonderes Interesse gilt den Frauen in leitenden Positionen. So bin ich in etwa autorisiert, mit Ihnen, liebe Leserin, über diese Mitwirkung der Frau im öffentlichen Dienst, ihre Intensität, ihre Notwendigkeit, ihre Zukunftsaussichten ein wenig zu plaudern, mag auch der Werdegang unserer Generation – wie vorausgestellt – ein atypischer sein.

Zwei Leitsätze möchte ich Ihnen dennoch aus „atypischer" Sicht, aus den Lehren bewegter Zeiten mit auf den Weg geben:

1. Generell: Jahre des Umbruchs, der Kriege, des Wiederaufbaus sind, so beklagenswert sie sind und diese Tatsache als solche ist, für den Juristen reizvolle Epochen. Sie fordern den schöpferischen Verwaltungsbeamten, den Gesetzgeber, den Richter zur Intuition, zum Aufspüren neuer Wege und Möglichkeiten, zur Erkenntnis des sozialen Wandels geradezu heraus. Wie nach 1945 aus den Wirren der Nachkriegszeit sich allmählich – von unten nach oben, auf der kommunalen Ebene gerade auch unter starker weiblicher Beteiligung – wieder „law and order" herausbildeten, dies zu beobachten war in gewissem Sinne faszinierend und beglückend. Sich diese Entwicklung vergegenwärtigend, sollte die

stürmische Jugend des letzten Jahrzehnts eigentlich verstehen, wie empfindlich unsere Generation reagieren mußte, wenn sie „law and order" ohne Not in Frage gestellt sah.

2. Für das weibliche Einzelschicksal, vor allem für die alleinstehende Mutter: Nie sich einigeln, nie resignieren, auf Gedeih und Verderb wieder in einen Beruf streben, jede Gelegenheit beim Schopf ergreifen, sich auch mal unter Wert verkaufen; nie vor der Doppelrolle zurückschrecken, sie vielmehr als das kleinere Übel in Kauf nehmen! Glauben Sie mir, sie ist nur eine vorübergehende Durststrecke, und sie macht sich bezahlt, sowohl für die Mutter wie für die Kinder.

Kommen wir nun jedoch zur Gegenwart! Weit mehr als andere Berufs- und Wirtschaftsgruppen war der öffentliche Dienst lange Zeit eine Domäne der Männer geblieben. Aber auch dort konnte - etwa ab 1960 - ein stetiger beruflicher Vormarsch der Frauen beobachtet werden. So waren nach der letzten Personalstandstatistik, die alle drei Jahre die Zahl der weiblichen Bediensteten besonders ausgliedert, bei Bund, Ländern, Stadtstaaten und Gemeinden rd. 1 009 700 (29,5 v. H. von insgesamt 3 421 100) weibliche Bedienstete voll beschäftigt. Im Rahmen der Frauenerwerbsarbeit allgemein mit fast 10 Millionen Beschäftigten (36,9 v. H. von insgesamt rd. 27 Millionen) spielt diese Zahl der Frauen im öffentlichen Dienst schon eine beachtliche Rolle, zumal bei letzteren die Teilzeitbeschäftigten noch nicht mit eingerechnet sind; hier wären noch rd. 302 800 hinzuzuzählen.

Die Unentbehrlichkeit der Frauenarbeit auch hier wird noch deutlicher, wenn man die verschiedenen Beschäftigungs- und Aufgabenbereiche des öffentlichen Dienstes betrachtet. In der staatlichen und kommunalen Verwaltung im engeren Sinne (ohne Bundesbahn, Bundespost und Wirtschaftsunternehmen ohne eigene Rechtspersönlichkeit) beträgt der Frauenanteil 36 v. H. (872 000 weibliche Beschäftigte), eine Durchschnittsquote, die sich dem zuvor erwähnten Frauenanteil an allen Erwerbstätigen fast angeglichen hat. Bei den Stadtstaaten war er mit 42,8 v. H. (111 700) am höchsten, beim Bund mit 22,3 v. H. (66 100) am niedrigsten. Dazwischen lagen die Gemeinden mit 40,0 v. H. (301 200) und die Länder mit 35,5 v. H. (392 900). Die höheren Vom-Hundert-Zahlen bei den Ländern, den Stadtstaaten und den Gemeinden spiegeln die Verwendung der Frauen nach ihrer Vorbildung im Schuldienst und im sonstigen Bildungswesen, in der Wissenschaft, der Kunst- und Kulturpflege, im Sozial- und

Gesundheitswesen, Berufsbereiche, die nicht nur zur Zuständigkeit dieser Gebietskörperschaften gehören, sondern auch für Frauen typisch sind. Frauen sind hier entsprechend ihrer qualifizierten Ausbildung auch qualifiziert eingestuft. Dies zeigt sich u. a. auch in ihrem Dienstverhältnis: bei den Ländern sind 28,0 v. H., bei den Stadtstaaten 26,3 v. H. aller Beamten Frauen, beim Bund nur 3,5 v. H. In diese Zahlen sind übrigens die Richterinnen miteingeschlossen; an dieser Stelle mag erwähnt werden, als wie selbstverständlich das Wirken der Frauen in der Justiz (Richterinnen, Staatsanwältinnen, Rechtsanwältinnen) inzwischen in der Öffentlichkeit betrachtet wird. Die Fortschritte der Emanzipation, das allgemeine Interesse an entsprechenden Rechtsreformen, vor allem des Scheidungsrechts, und das Fernsehen mit so pulikumswirksamen Serien wie „Ehen vor Gericht" haben hierzu wesentlich beigetragen.

Bei den vorerwähnten Aufgaben und Beschäftigungsbereichen ist noch zu beachten, daß Frauenarbeit nicht in dem gleichen Maße durch Automation ersetzt werden kann wie etwa in der Industrie. Kennzeichnend für viele Bereiche ist die ständige Kommunikation mit der Außenwelt, sind die menschlichen Kontakte und die Einzelfallbehandlung. Auch die Arbeit der großen Gruppe der Schreibkräfte ist – noch – nicht durch Automation ersetzbar.

Einige Worte noch zu unseren „Christels von der Post": Die Deutsche Bundespost beschäftigt rd. 97000 Frauen (22,3 v. H. von insgesamt 435700 Beschäftigten). Hinzu kommen noch rd. 48700 weibliche Teilzeitbeschäftigte. Würden sie alle einmal streiken (im Schalter-, im Telegramm-, Telefon-, im Auskunfts-, im Postscheckdienst), würde unser gesamtes Kommunikations- und Zahlungssystem zusammenbrechen. Sie tun es nicht, und fast die Hälfte von ihnen darf es auch nicht, denn sie haben ihrer Post ein Leben lang Dienste und Treue versprochen, sie sind Beamtinnen. Demgegenüber ist die Deutsche Bundesbahn ein ausgesprochener Männerladen, ihr Frauenanteil beträgt nur 5,5 v. H. Sollte sie vielleicht deshalb in die roten Zahlen gelangt sein?

Man könnte geneigt sein, die stetige Aufwärtsentwicklung auf die günstige rechtliche Situation zurückzuführen. Bei jeder Berichterstattung wird sie mit Stolz hervorgehoben: Das Grundgesetz hat die wesentlichen Voraussetzungen für die Chancengleichheit der Frau im öffentlichen Dienst geschaffen. Die

Gleichberechtigung von Mann und Frau ist in den Bestimmungen des Beamtenrechts und des Tarifrechts verwirklicht. Der Zugang zu einem öffentlichen Amt darf nur von der Eignung, Befähigung, fachlichen Leistung und deutschen Staatsangehörigkeit abhängig gemacht werden. Für die Einstellung, Ausbildung und Fortbildung, für den Aufstieg, für die Besoldung der Beamten bzw. die Vergütung für die Angestellten gelten für Frauen dieselben Regelungen wie für Männer.

Wie so oft, trügt auch hier der schöne Schein: Die tatsächliche Situation entspricht nicht dem hohen Frauenanteil, auch nicht den für die Gleichberechtigung so günstigen rechtlichen Regelungen. Auch im öffentlichen Dienst tummeln sich die Frauen in den unteren Rängen, d.h. in den Laufbahngruppen des mittleren und des einfachen Dienstes bzw. den vergleichbaren Vergütungsgruppen. Angestellte sind über-, Beamtinnen und Richterinnen unterrepräsentiert. Je qualifizierter die Tätigkeit ist, um so weniger wird sie von Frauen ausgeübt. Dabei befremdet der vor einigen Jahren in einer einmaligen Sondererhebung ermittelte, weit bessere schulische und berufliche Ausbildungsstand der Frauen: Anteilmäßig hatten fast sechsmal soviel Frauen wie Männer das Abitur, dreimal so viele eine pädagogische Ausbildung (1. Lehrerprüfung), doppelt so viele die mittlere Reife, einen Fachschulabschluß sowie einen Berufsfachschulabschluß. Diskriminiert werden hierbei vor allem die weiblichen Angestellten; ihre überwiegende Einstufung in die niedrigeren Vergütungsgruppen trägt dem erwähnten besseren Bildungsstand nicht Rechnung. Die Beamtinnen haben darüber weniger zu klagen; ihnen wird jedoch der berufliche Aufstieg erschwert. In den höchsten Ebenen – leitende Tätigkeiten bei Bund und Ländern, Richter bei den Obersten Bundesgerichten – sind Frauen nur noch als Spurenelemente festzustellen. Eine inzwischen bereits dreimal zur Personalstandstatistik erstellte Zusatzstatistik „Frauen im höheren Dienst bei obersten Bundesbehörden" verdeutlicht dies – vor allem für die Bundesministerien – recht eindrucksvoll. Dort gab es 404 Frauen im höheren Dienst (6,6 v.H. von insgesamt 6144), davon 86 Referentinnen (3,8 v.H. von insgesamt 2268) sowie 300 Hilfsreferentinnen bzw. wissenschaftliche Mitarbeiterinnen (9 v.H. von 3301 insgesamt). Unter 271 Unterabteilungsleitern und 267 Abteilungsleitern gab es jeweils nur vier Frauen, unter 25 Staatssekretären keine Frau. Mag auch der tatsächliche Einstieg qualifizierter Frauen in den höheren Dienst des Bundes überaus gering sein – die Gründe hierfür sollen einmal dahingestellt bleiben –, so müßten Frauen schon nach ihrem Anteil an diesen Eingangsstellen an den weiteren Aufstiegspositionen vom Referenten bis zum Staatssekretär weit stärker beteiligt sein. Aber schon das Verhältnis Referentinnen/Hilfsreferentinnen beträgt 10 zu 35, das auf der Männerseite 10 zu 14. Halten Frauen vielleicht nie das, was sie eingangs versprechen? Hingegen die Männer! Allesamt dem Leistungsprinzip verschworen, sind sie schon als Hilfsreferenten in ihrem Höhenflug nicht mehr zu bremsen. Oder erklimmen sie nur deshalb die eisigen Höhenregionen des machismo so eilfertig, weil die unteren schon so bedrohlich von den Frauen besetzt sind? Unsere kleine Zusatzstatistik, die an sich den „Aufstieg der Frauen" dokumentieren sollte, hat eben von Anfang an die – sicherlich nicht beabsichtigte – Nebenwirkung gehabt, die vielbelästerte Stellenexplosion in den höheren Rängen zu verdeutlichen sowie aufzuzeigen, in wie beschämender Weise der Stellenkegel nach oben fast ausschließlich von Männern ausgeschöpft wird.

Liebe Leserin, das Für und Wider des öffentlichen Dienstes, die nach wie vor noch ambivalente Rolle der Frauen in ihm habe ich Ihnen vielleicht in etwa nahebringen können. Dennoch hoffe ich, Ihnen Mut zum öffentlichen Dienst gemacht zu haben, zumindest zur Unterstützung der Rolle der Frau in ihm. Warum, will ich noch einmal kurz zusammenfassen:

1. *Für Frauen ist eine berufliche Tätigkeit im öffentlichen Dienst günstig*

Es gibt keine Diskriminierung bei Besoldung oder Vergütung. Leichtlohngruppen sind hier unbekannt! Wenn auch der berufliche Aufstieg der Frauen insgesamt noch zu wünschen übrigläßt, so steht es um ihn immer noch besser als in der freien Wirtschaft, vor allem der Industrie. Frauen sollten sich allerdings dazu entschließen, Berufsbeamtinnen zu werden. Sie sollten sich den vorgeschriebenen Ausbildungen widmen, diese durchstehen, erfolgreich beenden und dann auch die entsprechenden Laufbahnen einschlagen. Für so eingegliederte Frauen gibt es keine Probleme mit der Gleichberechtigung mehr.

Noch eins kommt hinzu: Überall dort, wo Ausbildungsgänge und berufliche Laufbahnen gesetzlich geregelt sind, wo den Bewertungen objektive Maßstäbe zugrunde liegen, ist die Situation für Frauen günstig. Überall dort jedoch, wo Einstellungen und Beförderungen auf mehr subjektiven Bewertungen basieren – wie z. B. bei Angestellten nach Tarifrecht –, sind Frauen oft benachteiligt. Es zeigt sich, daß meist dann die Männer „gleicher" sind. Dies sind auch die Schattenseiten des sog. Leistungsprinzips, wobei gegen das echte nichts eingewendet werden soll. Gerade wir Frauen sollten hier gewissen Methoden mit äußerster Skepsis begegnen.

2. *Dem öffentlichen Dienst sind Frauen nötig*
Der Staat braucht verläßliche, sachkundige Bedienstete. Sie müssen sich dem Wohl der Allgemeinheit verpflichtet fühlen und danach trachten, ihre Aufgaben unparteiisch und gerecht zu erfüllen. Wer nach Macht strebt, wer nur an Karriere denkt, sollte nicht den öffentlichen Dienst zum Tummelplatz seiner Leidenschaften machen. So pausenlos kann ein Beamter gar nicht befördert werden! Wer den Aufstieg eines Beamten für müheloser hält als den eines vergleichbaren Berufstätigen in der freien Wirtschaft, übersieht die Hürden in Ausbildung und Werdegang, die ein Beamter zu überwinden hatte, übersieht seine gerade darauf basierende vielseitige Verwendbarkeit. Er übersieht ferner die Pflichten, Bindungen und Erschwernisse, die in dem öffentlichrechtlichen Dienst- und Treueverhältnis begründet sind (letzteres ist ein Positivum; ich bin eine überzeugte Anhängerin des Berufsbeamtentums).

Heutzutage sind allerdings Begriffe wie Dienen, Hingabe an die Arbeit, Selbstlosigkeit, Wirken für andere weithin verpönt. Man verbindet sie nicht mehr automatisch mit dem öffentlichen Dienst. Gerade diese Eigenschaften schreibt man aber nach wie vor noch den Frauen zu, betrachtet sie als „echt weiblich". Es wäre gut, wenn sie durch die Frauen wieder stärker in den öffentlichen Dienst eingebracht würden, wobei wir einmal dahingestellt sein lassen können, ob sie der fraulichen Natur immanent oder nur aus ihrer ihr bisher zudiktierten Rolle erwachsen sind. Frauen sollten dies bewußt tun. Der Gefahr, eben auf Grund dieser Eigenschaften ausgenutzt zu werden, sollten sie allerdings ebenso bewußt entgegenwirken. Dem Berufsbeamtentum, dem öffentlichen Dienst insgesamt, täten das alte Ethos, die alten Grundprinzipien und Strukturen des öffentlichen Dienstes, um die uns andere Länder so oft beneiden, nur gut.

3. *Die Gesellschaft braucht Frauen in leitenden Positionen*
Die vorerwähnten „weiblichen“ Eigenschaften – sollten es nicht vielmehr wieder allgemein menschliche werden? – müßten gerade auch dort eingebracht werden, wo die Entscheidungen fallen, wo Gelder verteilt, wo Kompromisse ausgehandelt werden; in den Spitzen der Verwaltung, in der Politik, in den gesellschaftlich relevanten Gruppen, kurz an den Schalthebeln der Macht sind Frauen nötig. Sie müssen allerdings den Männern ebenbürtig sein, was Sachverstand und Erfahrung anlangt. Frauen haben ein anderes Verhältnis zur Macht, eine vielfach andere Betrachtungsweise; sie sehen die Dinge farbiger, differenzierter, haben mehr Phantasie bei der Vorstellung der Folgeerscheinungen; sie würden die Prioritäten oft anders setzen. Und last not least: Wer würde sich wohl um Frauenfragen kümmern, wer die Emanzipation vorantreiben? Sollten wir erwarten, daß dies die Männer tun?

In solchen leitenden Positionen, vor allem in der Verwaltung, sind Juristinnen am Platz. Das früher hier herrschende Juristenmonopol wird jetzt meist angezweifelt, es wurde auch schon in gewissem Umfang abgebaut. Bei der Gesetzesvorbereitung, z. B. in den Bundesministerien, tut man sich aber leichter, wenn man sein juristisches Handwerk beherrscht. Frauen bekommt die Juristerei meist gut, sie legt um ihr manchmal zu intensives Einfühlungsvermögen, ihre Mitleidsanfälligkeit ein heilsames Korsett. Audiatur et altera pars! Andererseits macht der Griff ins volle Menschenleben, so vor allem die Richterinnen, lebensvoller und aufgeschlossener. In meinem Berufsleben bin ich gelegentlich auf verknöcherte Juristen gestoßen, die Theorien und Paragraphen über alles stellten, aber noch nie auf eine verknöcherte Juristin.

Alles in allem: Die heute noch zu kleine Schar einflußreicher Frauen im öffentlichen Dienst muß verstärkt werden, ihre Solidargemeinschaft - auch mit Politikerinnen, Fachfrauen aus anderen Bereichen und Frauen aus Organisationen im vorparlamentarischen Raum -, die schon bisher so oft erfolgreich war, muß noch effektiver werden. Wachsamkeit tut not, um in den heutigen, erneut bedrohten Zeiten Rückläufigkeit zu vermeiden.

Hier ist auch Ihr Interesse, Ihre Mitwirkung wichtig.

Herzlichst Ihre Dorothea Frandsen

DOROTHEA FRANDSEN, geb. 1909 in Dortmund-Hörde. 1929 Abitur an der Schiller-Reformrealgymnasial-Studienanstalt in Dortmund. 1929 bis 1933 Studium in München, Berlin und Königsberg/Pr. (Jura und Zeitungswissenschaften). 1933 Referendarexamen. 1935 Doktorexamen und Assistentin am Institut für Luftrecht in Königsberg/Pr. 1937 Assessorexamen.
1945–1950 Flüchtling, Kriegerwitwe, Landarbeiterin, Moorarbeiterin in Westerstede in Oldenburg. 1951–1963 Hilfsreferentin im Referat Kriegsopferfürsorge und Rehabilitation in der Abteilung Sozialwesen des Bundesministeriums des Innern in Bonn. 1963–1974 Referentin; Leiterin des Referates „Allgemeine Frauenangelegenheiten" in der Verfassungsabteilung des Bundesministeriums des Innern in Bonn. Danach ehrenamtliche Tätigkeiten.

LISELOTTE FUNCKE

Politik – immer weiter „Männersache“?

Liebe Sabine!

Sie haben mir einen Brief geschrieben, der mich nachdenklich gemacht hat, weil er nicht ganz mit den glücklichen äußeren Umständen übereinstimmt, von denen mir Ihre Mutter erzählte. Sie haben nach der Ausbildung zur medizinisch-technischen Assistentin zunächst im hiesigen Krankenhaus eine Stelle gehabt und bei den Eltern gewohnt. Doch wollten Sie dann selbständiger werden und fanden an der Universitätsklinik eine Stelle, die offenbar recht vielseitig ist und Ihnen einen gewissen eigenen Verantwortungsbereich einräumt. Zudem – jedenfalls sagte mir das Ihre Mutter – haben Sie sich schnell eingelebt und guten Kontakt zu den Kollegen im Dienst gefunden.

Aber wenn ich Ihren Brief richtig lese, klingt nicht nur Glück und Zufriedenheit heraus. Sie sind auf Probleme gestoßen, die Sie bewegen, nicht bei Ihnen selbst, sondern bei anderen. Da schreiben Sie von einer älteren geschiedenen Kollegin, die nach 23jähriger Ehe und Hausfrauentätigkeit wieder in den Beruf zurückgekehrt ist. Nicht gerade freiwillig. Sie wurde nach altem Recht geschieden, und zwar wegen überwiegendem Verschulden des Ehemannes. So hatte sie Anspruch auf Unterhalt, doch wurde dieser schon nach einem Jahr nicht mehr bezahlt, weil der frühere Ehemann eine neue Familie zu versorgen hatte.

Ihre Kollegin ist deshalb in das Berufsleben zurückgekehrt, doch wegen der langen Unterbrechung mußte sie wieder ganz unten anfangen. Daneben versorgt sie den Haushalt für die beiden Kinder, die teils am Ort, teils auswärts in der Berufsausbildung sind. –

Was nun Sie und noch mehr Ihre Kollegin empört, ist die Tatsache, daß nach dem plötzlichen Tod des Mannes die geschiedene Frau keine anteilige Witwenrente bekommt. Man weist seitens der Versicherung darauf hin, daß, wenn kein Unterhalt bezahlt wurde, auch kein Anspruch auf Witwenrente besteht, der bloße Unterhaltsanspruch auf dem Papier genüge nicht. Praktisch hätte die Kollegin ständig Unterhaltsprozesse anstrengen und Gehaltspfändungen erwirken müssen, um ihren späteren Witwenrentenanspruch aufrechtzuerhalten.

Ich stimme mit Ihnen völlig darin überein, daß diese Regelung in der Vergangenheit ungerecht gegenüber der Hausfrau und Mutter war. Deshalb ist sie mit dem neuen Eherecht für zukünftige Fälle im Sinne gleichwertiger Rechte abgeändert worden. Doch kann man leider aus rechtsstaatlichen Gründen nicht rückwirkend in zivil- und vertragsrechtliche Regelungen eingreifen. Um so mehr muß uns allen daran liegen, ungerechte Gesetze so bald wie möglich zu beseitigen und eine politische Ordnung zu schaffen, die Benachteiligungen verhindert und gleichwertige Chancen für alle schafft.

Und da bin ich an dem Punkt, wo ich das geheime Unbehagen bei Ihnen vermute. Sie haben einen interessanten Beruf, ein auskömmliches Gehalt, eine eigene Wohnung, Urlaub, ein liebevolles Elternhaus, und – wie ich annehme – einen engeren oder weiteren Bekanntenkreis, aber irgendwie haben Sie das Gefühl, daß nicht alles in Ordnung ist.

Vielen jungen Menschen geht es wie Ihnen. Sie meinen, man müsse doch etwas mehr tun, um erkennbare Mängel und Ungerechtigkeiten in unserer Gesellschaft zu beseitigen. Die einen demonstrieren, die anderen schreiben Leserbriefe, die dritten wenden sich – wie Sie – an Abgeordnete. Und wieder andere gründen eine Selbsthilfe-Organisation und arbeiten freiwillig „vor Ort", um Kindern, alten Menschen, Behinderten, Ausländern, Strafgefangenen unentgeltlich zu helfen. Das alles ist – je nach Lage und Zielsetzung – sinnvoll. Doch um im politischen Feld etwas zu erreichen, ist mit Demonstrationen, Leserbriefen und Petitionen allein nicht viel erreicht, wenn es nicht genügend aufgeschlossene, für die Nöte der Zeit empfindliche, in den verschiedenen Lebensbereichen erfahrene Politiker gibt. Politik macht sich nicht von selbst, und sie kann nicht allein von den Abgeordneten in den Parlamenten in Bund, Ländern und Gemeinden gemacht werden. Im Klartext heißt das: den Nöten in dieser Welt kann im politischen Bereich nur sinnvoll begegnet werden, wenn viele Menschen aus den verschiedensten Lebensbereichen: Männer und Frauen, junge und ältere, Arbeitnehmer und Selbständige, Städter und Landwirte, Christen und Andersgläubige sich mitratend, mithandelnd in den politischen Parteien zur Verfügung stellen.

„Die Mängel im Menschenleben sind kein Grund zur Klage, sondern eine Aufgabe", hat Paul de Lagarde einmal gesagt. Mit dieser Erkenntnis haben wir nach 1945 unser zerstörtes Land wiederaufgebaut, äußerlich, politisch, gesellschaftlich. Ich bin 1946 in die Freie Demokratische Partei eingetreten in der Überzeugung, daß neben den Demokraten aus der Weimarer Zeit junge Menschen gebraucht würden, um die Demokratie zu festigen und lebendig fortzuentwickeln. Und daß es nicht allein Aufgabe der Männer sein kann, ein neues, freiheitliches und demokratisches Gemeinwesen zu schaffen.

Der äußere Aufbau ist geschafft. Es ging stetig immer besser, die persönlichen Einkommen wuchsen, man konnte sich immer mehr leisten: Autos, Reisen, Eigentumswohnungen, Studium ... Wir haben uns an das Konsumwachstum gewöhnt und meinen, es müßte immer so weitergehen. Ohne Risiko, an der Spitze aller Staaten der Erde. Wo nicht, wird nach den Schuldigen „da oben" in Regierung und Parlament gesucht. Sie sollen uns, auch in einer Weltwirtschaftsrezession, ein unbekümmertes Mehr-Konsumieren, ungefährdete Arbeitsplätze, weniger Steuern und höheres Einkommen garantieren.

Die Bundesrepublik Deutschland ist eine freiheitliche Demokratie, und das meint, daß die Verantwortung für die politischen Entscheidungen in der Hand des Bürgers liegt. Vielen mag der Grundgesetz-Artikel: „Alle Staatsgewalt geht vom Volke aus" als eine Floskel erscheinen, „denn wo fragt mich denn schon einer, was ich meine?" Aber genau so wörtlich hat der Liberalismus, der die freiheitliche Staatsverfassung mit den Rechten und Möglichkeiten des Bürgers schuf, die Mitwirkung des Volkes gemeint. Jeder kann, jeder sollte teilhaben an der Gestaltung der politischen Ordnung, in der alle leben.

Allerdings kann die politische Ordnung nicht in der jeweiligen Erfüllung von Einzelwünschen bestehen. Jede Entscheidung in einem Teilgebiet hat Rückwirkungen auf andere Gebiete. Erhöhte Sicherheit oder verbesserte Sozialleistungen kosten Geld, das der Staat oder die Sozialversicherungsträger vorher oder hinterher dem Bürger über Steuern und Beiträge abnehmen muß; internationale Verträge bringen nicht nur Vorteile, und in der Frage der Kernenergie stehen Chancen und Risiken sich gegenüber. Zur politischen Entscheidung gehört daher die Bereitschaft, über die eigenen Wünsche hinauszudenken, immer wieder neue Argumente zu prüfen, die Probleme der verschiedenen Gebiete zusammenhängend zu sehen und nach Lösungen nicht nur für die Gegenwart zu suchen.

Für diese Aufgabe werden aufgeschlossene Menschen gesucht. Ich kenne Sie lange genug, um zu wissen, daß Ihnen das Schicksal anderer nicht gleichgültig ist. Ihre Berufswahl, Ihre staatsbürgerliche Semesterarbeit, in der Sie mich einmal um Rat fragten, machen das deutlich. Darum möchte ich Sie auffordern: Helfen Sie mit, die politischen Probleme unserer Zeit zu lösen! Deren gibt es gerade in dieser Zeit besonders viele. Das Wirtschaftswachstum in den Industriestaaten und damit das unbekümmerte Konsumwachstum sind ins Stocken geraten, die Ergebnisse der technischen Entwicklung werden uns fragwürdig, der Raubbau an der Natur macht uns Angst. Überall wird nach Antworten und Lösungen gesucht. Sie sind nicht fertig zu beziehen, weder im sehnsüchtigen Blick zurück auf ein verlorenes Paradies noch im Umsturz, sondern in mühsamer Tagesarbeit. Es gibt keine glatten Lösungen in dieser Welt – an dieser Wahrheit scheitern alle Utopisten. Was gebraucht wird, ist ein nach vorn gerichtetes Bemühen um Konfliktlösungen und die Bereitschaft zum Ausgleich und Kompromiß. Reizt es Sie nicht, mit Ihren Erkenntnissen und Fähigkeiten da mitzuarbeiten?

Ich weiß, was Sie zunächst dagegen einwenden werden:

- Sie müßten dann ja in eine Partei eintreten, aber keine der vorhandenen Parteien würde Ihren Vorstellungen 100%ig entsprechen. Das ist richtig. Aber wo gibt es ideale Arbeitsplätze, Ehepartner oder Freundschaften ohne Schattenseiten? Eine politische Partei ist eine Arbeitsgemeinschaft politisch ähnlich denkender Menschen, in der ständig an neuen Antworten und neuer Programmatik gearbeitet wird. Man braucht daher als neues Mitglied nicht seine eigene Meinung an der Garderobe abzugeben, sondern kann mithelfen, Unzulänglichkeiten zu beseitigen.
- Ihnen mißfällt die Art und Weise des politischen Streites. Mir auch. Doch meine ich, daß er durch Abstinenz nicht besser wird. Richtig ist, daß in einer freiheitlichen Demokratie um die beste Lösung gerungen werden muß, und zwar in aller Öffentlichkeit, damit die Öffentlichkeit in Eingaben, Hearings, Zuschriften, Gesprächen mit Abgeordneten und Parteitagsbeschlüssen sich meinungsbildend einschalten kann. Und in diesem

Streit darf auch etwas übertrieben werden, weil der politisch nicht so bewanderte Bürger die feineren Unterschiede sonst nicht klar genug versteht. Aber was ich mit sehr vielen Mitbürgern bedauere, ist der Stil der Auseinandersetzung, und zwar in doppelter Hinsicht. Einmal sollte es keine persönlichen Diffamierungen geben, und zum andern sollte die Auseinandersetzung um Argument und Gegenargument, um Koalitionsvorschlag und Alternativvorschlag der Opposition gehen, nicht aber sich in substanzlose Verdächtigungen und Drohungen verlieren.

Mir scheint, daß sich gerade hier die politische Zurückhaltung der Frauen verhängnisvoll auswirkt. Männer verkämpfen sich gern, Männer wollen den Gegner vernichten – und sei es nur mit Worten – und wollen siegreich zurückkehren. Sie haben die Formen und Normen des parlamentarischen Geschehens und der politischen Auseinandersetzung geschaffen und begreifen nur zögernd, daß die breite Öffentlichkeit nicht die gleiche Freude und das gleiche Verständnis für das rhetorische Schauspiel in den Parlamenten und im Wahlkampf haben. Darum halte ich es für so wichtig, um der Demokratie allgemeine Zustimmung zu verschaffen, daß eine fairere Form der durchaus notwendigen Auseinandersetzung gesucht und von Frauen überzeugend praktiziert wird. Dazu braucht es Geduld und Beispiel.

• Vielleicht meinen Sie, Sie könnten keine Reden vor einem Publikum halten, und schon gar nicht frei. Diese Sorge ist für viele Frauen ein Hauptargument gegen die politische Mitwirkung. Als bestände die Arbeit in der Poltik im wesentlichen aus Parlamentsreden. Richtig ist, daß man zunächst in kleineren Gremien, im Orts- oder Kreisverband, in einem Ausschuß, Mitglied wird, und in einem überschaubaren Kreis von z. T. bekannten Menschen kann man ja schon einmal seine Ansicht vertreten. Und dann merkt man sehr schnell, daß es auch im größeren Kreis geht. Und will man als Delegierte auf einem überregionalen Parteitag einmal etwas vorbringen, warum soll man sich das erste Mal nicht auch einmal etwas aufschreiben? Die meisten großen Politiker lesen vom Blatt ab – auch im Parlament, wo das eigentlich verboten ist; deshalb kann man sich durchaus im Anfang diese Hilfe erlauben. Doch sollte und kann man sich im Laufe der Zeit „freischwimmen". Zumal Sie in Ihrer Schulzeit weit mehr als wir Älteren in der freien Rede und in der Zusammenarbeit mit Männern eingeübt worden sind.

• Sie wollen nicht Ihre ganze Freizeit opfern. Mag sein, Sie denken an den Streß der Parlamentarier und Minister. Aber soviel Zeit brauchen Sie ja nicht herzugeben. Es sei denn, es machen Ihnen die Arbeit und die Gemeinschaft dort so viel Freude, daß Sie gern einmal ein Wochenende oder einen festen Abend in der Woche dafür zur Verfügung stellen. Zum Beispiel könnten Sie von Ihrer Partei als Bürgerschaftsvertreter in einen gemeindlichen Ausschuß entsandt werden, wo Sie Ihre beruflichen Erfahrungen einbringen oder ein ganz anderes Gebiet, das Sie immer schon interessiert hat, kennenlernen. Hatten Sie nicht geschwankt, ob Sie nicht, der Familientradition folgend, einen pädagogischen Beruf ergreifen sollten? In der gemeindlichen Politik gibt es viele Felder der Mitarbeit, in die man sich mit Engagement, Fleiß und gesundem Menschenverstand auch ohne Fachstudium einarbeiten kann. Und das gilt ebenso für die überregionale Arbeit in Fachausschüssen der Partei oder gar im Bundestag und Landtag.

• Schwerer zu widerlegen ist das Argument: Frauen würden in der Politik nicht genügend anerkannt, sie hätten es schwer, in Vorstände und Parlamente aufzurücken. Das ist richtig. Noch heute gibt es Vorurteile gegen Frauen in der Politik oder einfach männliche Selbstverständlichkeiten. Wenn irgendwo eine Stelle zu besetzen ist, fallen Männern immer nur Männer ein. Das ist allerdings auch anderswo der Fall: im Beruf, in der Wirtschaft, bei den Gewerkschaften, in den Kirchen, in Aufsichtsräten, in Verwaltungen und internationalen Gremien. Frauen sind noch neu auf diesen Bühnen trotz eines über 100jährigen Mühens.

Im Bundestag gibt es heute unter 518 Abgeordneten 39 Frauen. Das sind rd. 7,5% (CDU/CSU 7,8%, SPD 6,7%, F.D.P. 10%). In den Landtagen ist es nur wenig anders. Insgesamt beträgt der weibliche Anteil dort 7,2% (CDU/CSU 6,2%, SPD 7,9%, F.D.P. 11%; Stand Nov. 1976). Demgegenüber haben die Parteien rd. 20% weibliche Mitglieder mit steigender Tendenz. Man muß daher offen sagen, daß Frauen der Aufstieg in der Politik nicht leicht gemacht wird. Aber er ist auch eben nicht unmöglich. Man muß ein wenig Geduld haben und darf sich nicht gleich bei einer unvermeidlichen Enttäuschung, etwa bei einem verlorenen Wahlgang, entmutigen lassen. Wir Frauen neigen etwas dazu, eine solche Niederlage als persönliche Beleidigung anzusehen oder als undankbare Mißachtung der tatsächlichen Leistung. Sicherlich ist es nicht leicht, sich zu sagen, daß es bei Kampfabstimmungen halt immer auch Besiegte gibt, was man bei eigenem Erfolg gern übersieht. Aber nach meiner Erfahrung ist es das beste, sich möglichst wenig anmerken zu lassen und kollegial weiterzuarbeiten; dann glückt es vermutlich das nächste Mal. Nichts ist in einer solchen Lage hinderlicher als Empfindlichkeit, Anklage oder Resignation.

• Sie werden nicht der Meinung sein, daß Politik eigentlich Männersache ist. Aber in Ihrer Umgebung werden Sie eine solche Auffassung hören oder spüren. Und dann kann man wohl schon einmal unsicher werden. Darum eine Überlegung dazu: Geschichtlich gesehen, haben in der Tat die Männer stets allein die große Politik gemacht, wenn man von regierenden Königinnen einmal absieht. Politik war damals Entscheidung über Krieg und Frieden, über Zölle und Finanzen und über das allgemeine Recht. Dagegen lag nahezu alles, was wir heute Innen-, Gesundheits-, Sozial-, Familien- und Bildungspolitik nennen, in der Hand der Großfamilie, der Nachbarschaft und der kirchlichen Gemeinde, und dort hatte die Frau einen beträchtlichen, z.T. überwiegenden Einfluß. Erst mit der Trennung von Berufsstätte und Familienhaushalt, mit der Auflösung der Großfamilie und der Anonymität unserer heutigen Städte ist der Einfluß der Frau Schritt für Schritt aus der Gesellschaft gewichen und im wesentlichen auf die Kleinfamilie begrenzt worden. Das Ergebnis dieser Entwicklung war – etwas überspitzt ausgedrückt – die „vaterlose Familie" und die „mutterlose Gesellschaft". Diese unglückliche Aufteilung der Gebiete halte ich für eine Fehlentwicklung, denn sie bewirkt, daß der notwendige Dialog von Mann und Frau in den verschiedenen Bereichen des Lebens fehlt oder zumindest nur sehr verkürzt stattfindet. Zum Schaden von Familie, Gesellschaft und Politik. Denn die Polarität der Geschlechter als Möglichkeit des Ausgleichs wird ja unwirksam, wenn statt Zusammenarbeit den Menschen sachlich und räumlich getrennte Funktionen zugewiesen werden und damit der lebendige Austausch untereinander verhindert wird. Ich glaube, daß manche Fehlentwicklung und mancher Mangel unseres Jahrhunderts auf dieses Fehlen des gleichgewichtigen Gesprächs zwischen Männern und Frauen zurückzuführen ist. Zumal immer mehr Bereiche, die früher in der überwiegenden Verantwortung der Frau lagen – wie Erziehung, Krankenpflege, Sozialhilfe –, inzwischen Gegenstand der Politik geworden sind.

Ich schrieb schon, daß die Menschen unserer Zeit von mancherlei Unsicherheit und Sorge erfüllt sind. Über die wirtschaftliche und technische Entwicklung, über die Möglichkeit, in der Welt voller Spannungen den Frieden zu erhalten, über die Arbeitslosigkeit, über Unrast und Ungeborgenheit, über die Ratlosigkeit vieler junger Menschen, über den grauenhaften Terror. Und – nicht so klar zu erkennen, aber spürbar – über das von Zweckhaftigkeit und Beziehungslosigkeit geprägte Leben in der Gesellschaft, als seien Rationalität, rechnerisch erfaßbare Leistung, Schulabschluß und Einkommenshöhe die einzig gültigen Maßstäbe im Leben. Bundespräsident Walter Scheel hat in seiner Weihnachtsansprache 1977 über die Fragwürdigkeit dieser gängigen Maßstäbe gesprochen. Sicherlich haben Wirtschaft und Technik ihre eigenen Folgerichtigkeiten; aber sie dürfen sich nicht selbständig machen und das Leben der Menschen in ihre Gesetzlichkeit zwingen. Gerade manche Entwicklung in Naturwissenschaft, Technik und Medizin machen uns deutlich, daß es Grenzen des Machbaren geben muß, daß die Erkenntnisse nicht ohne Prüfung auf ihre ethische Norm angewandt werden dürfen. Aber haben wir solche Maßstäbe für unsere Zeit und ihre Bedingungen entwickelt?

Ich meine, diese ernste Frage richtet sich in besonderem Maße an die Frauen. Noch immer haben Frauen ihr Handeln mehr auf das menschliche Leben als auf Dinge, Gesetze, Utopien ausgerichtet. Könnte es nicht sein, daß das Fehlen dieses unmittelbaren Lebensbezuges entscheidend zu Krieg, Naturzerstörung, Rationalität und Anonymität beigetragen hat?

Das ist der tiefere Grund, warum ich um die Mitarbeit von mehr Frauen in der Politik werbe. Niemand hält den Schlüssel zur Lösung all der vielfältigen Probleme in unserer verworrenen Welt in der Hand, aber jeder hat sein entscheidendes Stück Mitverantwortung dafür, daß im Dialog vieler Menschen Maßstab, Ausgleich und Zukunft gewonnwn werden.

Könnten Sie darin nicht einen Sinn und eine Aufgabe über Ihr privates und berufliches Leben hinaus sehen?

Ihre Liselotte Funcke

Liselotte Funcke, geb. am 20. Juli 1918 in Hagen. Reformrealgymnasium, 1937 Reifeprüfung. Außendienst. Kaufmannsschule Dortmund, kaufmännisches Praktikum. Studium der Betriebswirtschaftslehre in Berlin; 1941 Diplomkaufmann. Bis 1969 Abteilungsleiter, Prokurist der Firma Funke & Hueck, Hagen. 1946 Mitglied der F.D.P. Seit 1977 stellvertretende Bundesvorsitzende der F.D.P. 1950–1961 Mitglied des Landtages Nordrhein-Westfalen. Mitglied des Bundestages seit 1961, seit Oktober 1969 Vizepräsident des Deutschen Bundestages. Seit 1973 Vorsitzende des Finanzausschusses. Mitglied der Synode der Evangelischen Kirche in Deutschland.

HILDEGARD HAMM-BRÜCHER

„Mut zur Öffentlichkeit" – weil ich Menschen gern habe

Liebe Freundin!

I.

Im Frühjahr 1978 ist es 30 Jahre her, daß ich – gerade 27 Jahre alt – erfolgreich für den Münchner Stadtrat kandidiert habe. Was mich damals bewog, ohne zu zögern den entscheidenden Schritt in die Öffentlichkeit zu tun, brauche ich heute nicht nachträglich zu rekonstruieren. Die Gründe hierfür liegen in zahlreichen Aufzeichnungen aus der damaligen Zeit vor: Mein Entschluß war die natürliche Konsequenz aus dem politischen Erleben meiner Jugend- und Studentenzeit während des Zweiten Weltkrieges, aus meiner aktiven Gegnerschaft gegen den Nationalsozialismus und meinem im menschlichen Elend dieser Zeit gefestigten christlichen Glauben. (Im übrigen hatte ich Chemie studiert und keine Ahnung, was mich als Stadträtin nun eigentlich erwartete.)

Es bedurfte also keines besonderen „Mutes", um diesen Schritt zu tun, er verstand sich vielmehr fast von selbst. Ich habe dabei das große Glück gehabt, daß mir vor allem zwei hervorragende Politiker geholfen haben, daß diesem ersten Schritt viele weitere folgten. Schließlich wurde aus vielen einzelnen Schritten ein langer politischer Lebensweg.

Bereits Ende 1946 war ich dem späteren ersten Bundespräsidenten Theodor Heuss begegnet, der nach einem zufällig zustande gekommenen, langen Gespräch bei Pfefferminztee und Roggenkeksen einfach befand „Mädle – Sie müssen in die Politik" und mich an Thomas Dehler, den späteren ersten Bundesjustizminister und F.D.P.-Vorsitzenden, weiterempfahl, dessen aufrecht-unbeirrbare Kämpfernatur mich vom ersten Augenblick an gefangennahm. Er war es, der dann veranlaßte, daß ich zu Veranstaltungen der *Freien* Demokratischen Partei eingeladen wurde: Denn vor allem war es ja die lang entbehrte

„Freiheit“, nach der junge Menschen wie ich nach den 12 Jahren des „tausendjährigen Reiches“ dürsteten.

Mein politischer Start stand also unter einem ausgesprochen glücklichen Stern. Er wurde von zwei Menschen begleitet, die mich nicht etwa im heutigen Sinn „protegiert“ oder „gemanagt“ haben, wohl aber jenes kleine Saatkorn gelegt haben, das mir – abgesehen von meinem wahrscheinlich angeborenen starken geschichtlichen und politischen Interesse – „Mut“ gemacht und ich möchte gleich hinzufügen: „Ausdauer“ und „Zähigkeit“ zur Öffentlichkeit gegeben hat: Beide Politiker sind mir nämlich „Vorbild“ gewesen (und bis zum heutigen Tag geblieben). Auf Grund dieser Erfahrung könnte ich mir vorstellen, daß der Rückhalt durch das lebendige Beispiel eines anderen (oder mehrerer) Menschen gerade für ein politisches Engagement hilfreich und bedeutungsvoll werden kann.

Nun sind junge Menschen heute meist sehr skeptisch, wenn man ihnen Vorbilder empfiehlt. Sie igeln sich – vom Rocker bis zur politischen Jugendorganisation – in ihren Jugendkult ein, verachten den Rat der Älteren und alle „historischen Bezüge“, weil sie glauben, die Kontinuität politischer, geschichtlicher und menschlicher Erfahrung entbehren zu können. Wenn ich trotzdem von dieser meiner eigenen Erfahrung berichte, so nicht, um dem unerreichbaren Idol das Wort zu reden, sondern eher dem Ratgeber aus Fleisch und Blut. Ich bin überzeugt, daß gerade der junge Politiker, heute genau wie früher, jemanden braucht, der bereit ist, ihm aus eigener Erfahrung Hilfen und Anregungen zu geben, jemanden, der durch eigenes Verhalten in bestimmten Situationen bewiesen hat, daß Politik eben nicht jenes „garstig Lied“ zu sein braucht, jenes korrupte Geschäft, das „den Charakter“ und makellose politische Ideen verdirbt. So ein „Jemand“ kann nicht nur für den ersten Schritt ins öffentliche Leben von entscheidender Bedeutung sein, sondern auch für die folgenden, zumeist viel schwereren Schritte – dann nämlich, wenn es ernst wird mit Verantwortung und Bewährung.

Um kein Mißverständnis aufkommen zu lassen: Ich bin weit davon entfernt, einer jungen, politisch interessierten Frau zu raten: „Fang nur nicht an, bevor du nicht auch ein Vorbild hast!“ – und schon gar nicht in Gestalt eines unerreichbaren Denkmals! Natürlich sind auch andere Hilfen denkbar. Ich wollte nur aus meiner persönlichen Erfahrung berichten, was mir wirklich sehr geholfen hat: daß es da zwei leibhaftige Politiker gab, die eben nicht mit den Wölfen heulten, die sich nicht anpaßten, um Karriere zu machen, die ich einfach beobachten, von denen ich mir vieles abschauen konnte, mit denen ich von Zeit zu Zeit reden und gelegentlich korrespondieren konnte. Das alles war für meine eigene politische Entwicklung von großer Bedeutung. Den eigentlichen „Mut zur Öffentlichkeit" – ich glaube, den kann man sich nicht machen lassen, dafür braucht man Kräfte, die aus dem eigenen Inneren wachsen und sich von daher erneuern.

II.

Im übrigen ist es meist nicht der „Mut zur Öffentlichkeit", an dem es vielen Frauen fehlt, wenn sie vor einem wie auch immer gearteten politischen Engagement zurückscheuen. Es ist einfach die totale Ungewißheit, was eine solche Tätigkeit an Wissen und Ausbildung verlangt, welche Fähigkeiten erforderlich, welche Eigenschaften nötig oder doch wünschbar sind. Für alles und jedes gibt es heute Anleitungen, Bücher, Kurse, Ausbildungsmöglichkeiten – nur für den Beruf und die Tätigkeit des Politikers nicht. Und ich fürchte, daß auch dieses gutgemeinte Büchlein für unentschiedene Leserinnen bestenfalls Anhaltspunkte ergeben wird: Denn es gibt vielerlei Möglichkeiten, aber kein Patentrezept.

So habe ich beispielsweise mit meiner politischen Ausbildung als „amtierende" junge Münchner Stadträtin nach dem Prinzip „learning by doing" angefangen und von der Pike auf gelernt. Ich kann dieses Prinzip nur weiterempfehlen. Wenn ich heute meine kleinen Berichte und Artikel aus dieser Anfangszeit nachlese, dann kommt mir das Abenteuerliche, das ganz und gar Unabgesicherte meines politischen Werdegangs so recht zum Bewußtsein. Denn selbst wenn man in die politische Gemeinschaft seiner Partei, seiner Fraktion oder Gruppe mehr oder weniger eingebunden ist, so ist man doch wie in keinem anderen ungelernten Beruf auf sich selbst gestellt und seines eigenen Glückes Schmied: Wann meldet man sich zum ersten Mal außer der Reihe – und nicht bereits am Abend vorher vorbereitet – zu Wort? – Wann ergreift man seine ersten eigenen Initiativen? – Worfür findet man Zustimmung oder Ablehnung? – Wann setzen die ersten Widerstände und Gegnerschaften ein, wie wird man damit fertig – oder auch nicht? – Wann beginnt Resignation, Trotz, Verbitterung? Oder wieviel Lehrgeld muß man zahlen, bis man abschätzen lernt, wann Einlenken, wann Widerstand geboten ist? – All das ist weder vorhersehbar noch erlernbar und bleibt doch keiner sich selbst und ihrem Gewissen verantwortlichen Politikerin erspart.

„Lernen" und „Wissen" muß man andere Dinge, und zwar unaufhörlich. Gesetze und Bestimmungen, Reden und Entscheidungen, Personen und Zusammenhänge. Die Wissens-„Anforderungen" an den Politiker – ob im Betriebs- oder Elternbeirat, ob im Stadtrat oder Bundestag – sind niemals abgeschlossen. Wenn man sich nicht mit seichtem Gerede und wohlfeilen Sprüchen zufriedengeben will, dann muß man ununterbrochen Neues hinzulernen, sich informieren, verarbeiten, formulieren. – Aus dieser explosiven Mischung zwischen einem ungelernten und einem niemals ausgelernten Beruf entsteht die eigentliche Spannung und Belastung des Politikerberufes.

Auch bei größtem Einsatz, Fleiß und besten Kenntnissen gibt es in der Politik so gut wie keine Garantie für persönlichen Erfolg. Das Risiko des Scheiterns, unheilbarer Enttäuschung oder des Unbefriedigtseins ist – und hier besonders für Frauen – größter als in allen anderen beruflichen oder persönlichen Bereichen. Politische Tätigkeit kennt weder normale Arbeitsbedingungen – wie Arbeitszeit oder Aufstiegsgerechtigkeit – noch die sonst selbstverständliche Anerkennung von menschlichen Qualitäten wie Zuverlässigkeit, Überzeugungstreue, Loyalität. Keine andere Tätigkeit wird so wenig zur Routine, erfordert so unermüdliches Auf-dem-laufenden-Sein. Es gibt nicht einmal die gleiche Konstellation, die gleiche Entscheidungsschablone, die gleichen „Handgriffe".

Eine junge Frau, die sich für Politik interessiert, sollte sich über all dies klar werden – zumindest sollte sie sich keine Illusionen machen. Sie muß einen Knuff ebenso ertragen können wie andere Meinungen und weniger sympathische Kollegen. Sie muß ihr Nervenkostüm ebenso kennen wie ihre körperliche und seelische Strapazierfähigkeit. Sie braucht einen klaren und möglichst einen praktischen Verstand, sie muß Überzeugungen haben, um andere überzeugen zu können, sie muß jede Art der Schüchternheit bekämpfen (mir verursacht zum Beispiel Reden in großen Sälen und auf Marktplätzen heute noch immer größte Ängste) und immer wieder zum eigenen unverkrampften Gleichgewicht zurückfinden.

Ich habe in den 30 Jahren meiner politischen Tätigkeit viele

Frauen hoffnungsvoll kommen und enttäuscht wieder gehen sehen, weil sie die Spannungen und Unzulänglichkeiten dieses Geschäftes nicht ertragen konnten. Einige haben sich darüber fanatisiert und radikalisiert, wofür Ulrike Meinhof ein klassisch-tragisches Beispiel ist, andere haben aufgegeben, meist gezwungen durch persönliche Probleme oder gesundheitliche Schäden. Geblieben sind nur wenige, die meisten von ihnen haben für sich jenen tapferen Mittelweg zwischen Widerstand und Anpassung gefunden, der eine ziemlich beschwerliche Gratwanderung ist: Man tut sein Möglichstes, widersteht wann immer es um Grundsätze und Gewissensfragen geht, schluckt „Kröten", solange sie schluckbar sind, organisiert sein eigenes Leben und das seiner Angehörigen möglichst so unaufdringlich, daß nicht alle unter der selbstauferlegten Disziplinierung mitzuleiden haben, findet heraus, was zur eigenen Selbsterhaltung und -entfaltung erforderlich ist, und wenn man dann noch mit Humor und Stehvermögen begabt und von Menschen, die man lieb hat, umgeben ist, dann kann – wie an zahlreichen Beispielen deutlich wird – der Beruf der Politikerin (ob im kleinen oder großen) zur Lebensbewährung und -erfüllung werden.

III.

Mit dieser nüchternen – hoffentlich nicht allzu abschreckenden – Schilderung des Politikerinnenberufes möchte ich es aber nicht bewenden lassen. Im Verlauf meiner 30jährigen Tätigkeit habe ich eine mir wichtig erscheinende und glückbringende „Bedingung" für das Leben der Politikerin herausgefunden. Die Gretchen-Frage, die sich jede Frau vorlegen sollte, bevor sie sich für ein politisches Engagement entscheidet, lautet, ob sie die Probleme anderer Menschen wirklich und aufrichtig mehr interessieren als ihre eigenen. Diese Frage stellt sich im politischen Beruf wesentlich härter, gelegentlich unerbittlicher als in einem sozialen Beruf, zu dem Frauen ja vor allem durch persönliche Empfindungen des Mitleidens, des dem Schwächeren-helfen-Wollens motiviert werden. In der Politik wird ihr da doch mehr und anderes abverlangt – es sei denn, sie beschränkt sich bewußt aufs „Soziale" und spart damit das Wesentliche des Politischen aus – dem Kampf um „Stimmen" und „Mehrheiten" – um „Macht", die ja in der Demokratie die Voraussetzung für Einfluß und Positionen sind. Stimmen und Mehrheiten aber gewinnt man nur, wenn man sich ehrlichen Sinnes für die Probleme anderer Menschen engagiert. Die Politikerin muß das Interesse und die Kraft aufbringen, sich mit allen Aspekten der menschlichen Existenz auseinanderzusetzen. Dazu gehört viel Unschönes – oft Unerträgliches, und dem muß sie sich nicht etwa nur im Wahlkampf stellen.

So kommt es, daß jedes politische Engagement von Frauen nicht nur zeitlichen und substantiellen Verzicht auf ein mehr oder weniger großes Stück persönliches Leben verlangt, sondern vor allem auch die Bereitschaft, sich wieder und immer wieder Menschen, Problemen, Forderungen und Meinungen zu öffnen, die ihr selber fremd sind, die sie manchmal sogar ablehnt oder nicht mag. Es ist einfach eine Illusion oder eine Lüge in die eigene Tasche, zu glauben, man könne als Politikerin nur für das Gute und Richtige da sein – und die „Schmutzarbeit" anderen überlassen.

Anders als die caritative Zuwendung vermittelt die politische Zuwendung nur selten die Befriedigung, etwas konkret Gutes getan zu haben. Meist überwiegen Kämpfe und Auseinandersetzungen, die einen bitteren Nachgeschmack hinterlassen. Außerdem nimmt die Unzufriedenheit der „lieben Wähler und Mitbürger" nie ein Ende, Anerkennung oder gar Lob empfängt man für politische Leistungen so gut wie nie. Das alles zu ertragen ohne abzustumpfen, zynisch oder gleichfalls rücksichtslos zu werden, das macht die eigentliche Härte, aber auch Bereicherung des politischen Geschäftes aus. Dafür müssen sich Frauen konditionieren, wenn sie mehr sein wollen als eine „quantité (oder „qualité") négligeable".

Ich habe über diesen wohl heikelsten Aspekt der Politik als Frauenberuf einmal ein unvergeßliches Gespräch mit Golda Meir geführt, als sie noch israelische Ministerpräsidentin war und ich eine ziemlich frischgebackene Staatssekretärin: Wie kann man in der Politik mit den Männern mithalten, ohne es ihnen gleichzutun? Golda Meir sagte: „Ich bin eine kämpferische Politikerin, weil ich Menschen gern habe – sie sind für mich Geschöpfe Gottes." Wer sie kennt, weiß, daß dieses Bekenntnis nicht die Spur Selbstbescheidenheit enthielt, sentimental oder „fromm" gemeint war, sondern eher als eine Kampfansage an männlich orientierte Ideologien und Theorien.

Damals ist mir klargeworden, daß eine ähnliche Begründung auch für mich zutrifft. Männer können auch ohne spontanen Bezug zu Menschen erfolgreiche Politiker sein. Sie kämpfen meist für theoretische politische Ideen, für bessere Gesetze, für mehr Gerechtigkeit, für „Macht" – schlechtestenfalls für ihren persönlichen Vorteil. Ich habe noch nie gehört, daß sie ihr politisches Engagement damit begründen, daß sie Menschen gern haben. Das ist eine echt weibliche politische Antriebskraft – und im Ernstfall bestimmt etwas anderes als „Gefühlsduselei".

Ich gestehe, daß ich zeitlebens und auch nach 30 Jahren Politik Menschen selbst dann gern habe, wenn sie mir eigentlich unsympathisch sind. Sie interessieren mich einfach brennend, und zwar nicht als „Zoon politikon", sondern als „Geschöpfe Gottes". Im letzten Wahlkampf hat mich eine Frau haßerfüllt angespuckt, weil sie es nicht ertragen konnte, „daß eine Frau politisch etwas anderes sein könne wie ihr Mann". Ich war selbst erstaunt darüber, daß ich gar nicht wütend war, sondern eher erschrocken, und daß mir ihr Haß herzlich leid getan hat.

Von allen Menschen habe ich junge am liebsten. Das ist auch der Grund, weshalb ich mich von allem politischen Anfang an für Schul- und Erziehungsfragen, für Menschenbildung und -ausbildung am meisten engagiert habe. Ich bin keine gelernte Pädagogin, aber ich habe schon als Primanerin in Unterklassen aushilfsweise Unterricht erteilt, als Studentin war ich eine begehrte „Paukerin", und selbst in meinen anstrengendsten politischen Zeiten habe ich immer gern in Volkshochschulen oder Schulen, in Arbeitsgemeinschaften oder Kursen mitgewirkt. Auch meine politischen Erfolge waren hier am größten. 15 Jahre lang habe ich – und schließlich erfolgreich – für christliche Gemeinschaftsschulen und Chancengerechtigkeit im Bildungswesen gekämpft und gearbeitet. Dabei war und bin ich als Bildungspolitikerin nicht am Bildungs-„System", sondern an den „Bedingungen" interessiert, unter denen der einzelne junge Mensch herangebildet und auf ein Leben in freiheitlicher Selbstverantwortung vorbereitet werden soll. Deshalb finde ich es wirklich schlimm, daß wir es – trotz aller Anstrengungen – auch nach 30 Jahren noch nicht geschafft haben, ein demokratisch strukturiertes, ein prestige- und angstfreies, ein dem Kinde, dem jungen Menschen und dem Erwachsenen chancengerecht zugewandtes Bildungssystem aufzubauen. Diese Bewährungsprobe einer wirklich demokratisch verfaßten Gesellschaft haben wir noch nicht bestanden.

Als Politikerin – mein neues Aufgabengebiet, die Außenpolitik, ausdrücklich miteingeschlossen – bin ich immer glücklich und befriedigt, wenn ich mit Menschen zu tun habe oder wenn es um konkrete menschliche Probleme geht, und immer unglücklich, frustriert, wenn Politik in programmatische Wortklauberei und Haarspalterei erstarrt. Trotzdem: Selbst in den schlimmsten und schwierigsten Zeiten (und davon hat es auch eine ganze Menge gegeben) hätte ich meinen Beruf nicht tauschen und schon gar nicht aufgeben mögen. Dazu gehört kein besonderer „Mut" und schon gar nicht der Illustrierten-Begriff des „persönlichen Opfers". Hier genügt mein in ungezählten Erfahrungen gereiftes „Ja" zum Wagnis der Politik als Beruf.

Max Weber hat dies in seinem heute noch für jeden politisch interessierten Menschen lesenswerten und lesensnotwendigen Essay „Politik als Beruf" am Ende trefflich zusammengefaßt: „Nur wer sicher ist, daß er nicht daran zerbricht, wenn die Welt, von seinem Standpunkt aus gesehen, zu dumm ist oder zu gemein ist für das, was er ihr bieten will – daß er alldem gegenüber ‚dennoch' zu sagen vermag, nur der hat den ‚Beruf' zur Politik."

Ihre Hildegard Hamm-Brücher

HILDEGARD HAMM-BRÜCHER, geb. 11. Mai 1921 in Essen/Ruhr. Volksschule, Gymnasium, Abitur 1939. Universität München, Diplomchemiker und Promotion zum Dr. phil. 1945. Verheiratet, zwei Kinder. Studienreisen nach China, Israel, Japan, Kanada, Skandinavien, Sowjetunion, USA. Autorin von acht und Herausgeberin von drei Büchern. Vorsitzende der Stiftung Theodor-Heuss-Preis e.V. seit 1964. Mitglied der Landessynode der Evangelischen Kirche Deutschlands in Bayern seit 1971. Mitglied des Präsidiums des Deutschen Kirchentages seit 1975. Mitglied des Münchner Stadtrates von 1948 bis 1954. Mitglied des Bayerischen Landtages von 1950 bis 1966 und von 1970 bis 1976. Staatssekretär im Hessischen Kultusministerium von 1967 bis 1969. Staatssekretär im Bundesministerium für Bildung und Wissenschaft von 1969 bis 1972. Dezember 1976 Staatsminister im Auswärtigen Amt.

HILDEGARD HOFFMANN-VOGELS

Natürlich können Frauen Betriebe führen!

Liebe junge Frau!

Soweit es mir möglich ist, vermeide ich es stets über Frauen oder Frauenprobleme zu schreiben. Es ist mir – ich weiß nicht warum – einfach unbehaglich, es kommt mir lächerlich vor. Die Frauen sind doch keine exotischen Blüten, und ich sehe nicht ein, aus welchem Grund sie – hauptsächlich in den Zeitungen – einen Gegenstand für sich bilden sollen, wie der Sport, die Politik oder die Wettervorhersage. Es erscheint mir sinnlos, Frauen zu behandeln, als lebten sie auf einem anderen Planeten. Was die Männer interessiert, interessiert auch die Frauen. Ich kenne Männer – völlig normale –, die Frauenmagazine lesen, und Frauen – ebenso völlig normale –, die den Leitartikel der Frankfurter lesen.

In diesem Falle aber habe ich mich entschlossen Ihnen zu schreiben, weil die Grundprobleme der Frauen auch und vor allen Dingen davon herrühren, daß sie Frauen sind. Ich meine hiermit die Tabus, die mit diesem Unterschied verbunden sind und das Leben der Frauen in aller Welt bedingen.

In Amerika hat die Frau soviel wie wohl in keinem anderen Land der Welt erreicht. Die gesamte amerikanische Politik wird von Frauen beeinflußt, das kulturelle Leben wird sozusagen von Frauen kontrolliert. Der Schulunterricht, das Theater, die Kinos, das Fernsehen, die Wählerschaft für den Präsidentschaftskandidaten wird überwiegend (zu mehr als 60%) von Frauen bestimmt. Auch in der Bundesrepublik Deutschland ist die Mehrheit der Wähler weiblichen Geschlechts, jedoch übt diese Gruppe die aktive Einflußnahme nicht so aus, wie es ihr möglich wäre.

In Amerika haben also die Frauen offenbar all das erreicht, was uns in Europa, in der Bundesrepublik als erstrebenswertes Ziel bewegt: Emanzipation und Fortschritt. Grundsätzlich sind mir diese Worte im Zusammenhang mit Frauenfragen unsympathisch, weil sie zu leicht an die Suffragettenzeiten erinnern. Und damit sind wir gleich beim Thema: Wenn eine Frau es schaffen will, den Schritt aus der privaten Sphäre in die Öffentlichkeit zu wagen, dann kann es tödlich sein, als „Frauenrechtlerin“ aufzutreten. Das gilt nicht nur für ihr Verhalten, das gilt auch für ihr Auftreten und Aussehen. Als in meinem Unternehmen einmal ein Kunde den Chef zu sprechen wünschte, war er so sprachlos, als ich ihm gegenüberstand, daß ich ihn fragte, was ihn denn so verwirrt habe. Die Antwort kam zögernd und lautete: Wissen Sie, eine Frau in leitender Stellung habe ich mir anders vorgestellt, und zwar mit Brille und Knoten, im grauen Jackenkleid und mit Sportschuhen. Diese Begegnung ist nun schon einige Jahre her, aber die Klischeevorstellung ist noch nicht ausgerottet, und deshalb sollten die Frauen auch in diesem Punkt Frau bleiben, mit ihrem eigenen Stil. Sie sollten sich aber hüten vor aller Übertreibung, die dann leicht ins Lächerliche führt.

Was nun ihr Verhalten betrifft, so wird ihr oft vorgeworfen, daß sie nicht kooperativ, sondern meist autoritär wäre, um ihre Unsicherheit zu verbrämen. Leider ist diese Behauptung nicht ganz zu widerlegen, und deshalb sind Führungsqualitäten, wie Toleranz und „Mensch unter Menschen sein“, so wichtig, wenn eine Frau in gehobene Positionen aufsteigen will. Eine Gefahr ist für alle Avancierten relevant, d. h. eine gewisse Überheblichkeit und vor allen Dingen die Vergeßlichkeit des Vorgesetzten, daß er selbst einmal Untergebener war. Dieses Verhalten wird einer Frau in leitender Stellung negativer angelastet als einem Mann. Sie sollte auch hier nie vergessen, daß sie Frau ist, und sollte ihren eigenen fraulichen Führungsstil entwickeln. Ich bin oft gefragt worden, was ich darunter verstehe, und meine damit, daß die Frau in den vergangenen Jahrhunderten gerade in der Familie dazu erzogen wurde, ausgleichend zu wirken, Kompromisse zu schließen, den Familienfrieden zu wahren. Sie hat mit Geschick ihre Familienangehörigen zu einem Verhalten gebracht, das letztlich für alle Beteiligten das Beste in sich barg. Wie oft sind diese Frauen mit Diplomaten verglichen worden. Sie kannten die Stärken und die Schwächen der ihnen Anvertrauten und haben in Berücksichtigung dieser Kenntnis die Akzente gesetzt. Diese jahrelange Übung und Erfahrung sollten sie sich im Arbeitsleben zunutze machen. Auch hier geht es um den richtigen Einsatz des Untergebenen, auch hier um den Betriebsfrieden, um das Klima, in dem positive Arbeit gedeihen kann. Eine Frau sollte sich hüten, im Führungsstil den Mann nachzuahmen, sie sollte durch fachliche Überzeugung und menschliches Verstehen ihre Mitarbeiter leiten.

Der Schritt in die Öffentlichkeit sollte aber eine problemrelevante Fachkenntnis voraussetzen. Hier ist die allgemeine Berufsausbildung und die Berufserfahrung schon eine große Hilfe, weil man im Alltag, im Umgang mit Menschen Erfahrungen sammeln kann, die in der Öffentlichkeitsarbeit von Nutzen sind. Deshalb möchte ich Ihnen an dieser Stelle auch einiges, was ich für dringend notwendig halte, zur Ausbildung und Berufstätigkeit schreiben. Die Ausbildungsfähigkeit ist wohl allgemein unbestritten, und die Ausbildungswilligkeit ist auch vielfach vorhanden – soweit sie nicht gehemmt wird von dem Wunsch: Ich will heiraten, wozu dann die lange Ausbildung, lieber schnell verdienen, später, wenn ich verheiratet bin, habe ich es nicht mehr nötig zu arbeiten.

Wie viele haben so schon gedacht, und das Leben hat sie später bitter enttäuscht. Ich will nicht vom tragischen Verlust des Ehepartners sprechen, sondern nur von den neuen Ehegesetzen, die einer Frau, falls sie gesund ist, bei der Scheidung die eigene Unterhaltspflicht aufbürden. Früher war der Mann, dem Lebensstandard angemessen, zum Unterhalt verpflichtet – heute sieht das in vielen Fällen anders aus. Und in einer Wohlstandsgesellschaft wie der unseren lebt es sich so gut mit den materiellen Selbstverständlichkeiten unseres Alltags. Wie schnell kann eine solche heile Welt zusammenstürzen in einer verwandelten Zeit. Ich will nicht schwarzmalen, aber ich möchte Sie, liebe junge Frau, in Ihrer sonnigen Unbekümmertheit einmal daran erinnern, daß das Leben nicht immer eitel Sonnenschein ist. Die Mühen einer Ausbildung zahlen sich vielleicht später einmal aus. Aber damit ist es keineswegs getan! Der Beruf erfordert heute nicht nur eine einmalige Ausbildung; fast alle Berufe unterliegen einem fortwährenden Wandel durch fortschreitende Technizität, durch veränderte volkswirtschaftliche Daten, durch verändertes Konsumverhalten und vieles mehr. Dieser Wandel erfordert Flexibilität, d. h. Anpassung an die neuen Gegebenheiten und damit Weiterbildung. Mit anderen Worten: Das einmal Erlernte sichert mir nicht auf Lebenszeit einen Platz in der Arbeitswelt, sondern ich muß selbst dafür sorgen, daß ich den Anschluß an den Schritt der Zeit nicht verliere, und zwar in zweifacher Hinsicht. Einmal um meinen Platz in der Berufswelt zu sichern und zum anderen erst recht, wenn ich den Ehrgeiz habe, in meinem Beruf aufzusteigen. Und damit sind wir bei einem sehr heiklen Thema: Soll die Frau in der Arbeitswelt in leitende Positionen aufsteigen? Hat sie überhaupt die Fähigkeiten dazu! Und wie sieht es mit den Möglichkeiten aus? Ich selbst bin nun 26 Jahre berufstätig und darf behaupten, daß die Frau vom Können her sicherlich aufstiegsfähig ist. Welches sind nun die Hemmnisse? Warum finden wir so wenig Frauen in leitenden Positionen? Niemand bedauert dies mehr als ich. Wenn wir dieses „Warum" analysieren wollen, dann darf man das nicht mit der globalen These: Die Männer lassen uns nicht! beantworten. Hier muß man stärker differenzieren. Bis zur Vorarbeiterin, zur Meisterin oder zur Abteilungsleiterin in der Verwaltung geht dieser Weg noch relativ einfach, aber von dort vorzustoßen in die höheren Positionen, dort findet man eine Schranke, die sich – wie die Praxis zeigt – nur schwer überspringen läßt. Ich denke hier auch nicht an die Alibifrau, die manche Unternehmen in höheren Positionen stolz vorweisen. Ich denke hier an die Frau, die allein aufgrund ihrer Leistung und ihres Könnens diese Position „errungen" hat. Wenn ich also das Wort „errungen" hier gebrauche, zeigt dies schon, wie viele Hindernisse sich auf diesem Weg entgegenstellen. Warum eigentlich? Das hat mancherlei Gründe, und diese liegen nicht zuletzt bei der Frau. Da ist einmal der Widerspruch zwischen den Pflichten und den Forderungen, die die Familie stellt, und denen der Arbeitswelt, die bei einer „Karriere-Frau" schwer in Einklang zu bringen sind. Je höher der Aufstieg und die Hierarchie eines Betriebes ist, so flexibler werden die Arbeitszeiten, d.h. ganz einfach, ich kann es mir durchaus einmal leisten, während des Tages eine dringende private Besorgung zu machen, ich muß aber auch wissen, daß mein Arbeitstag nicht mit dem Klingelzeichen endet. Sitzungen, Konferenzen und Besprechungen lassen sich nicht immer nach der Uhr regeln. Der Aufstieg ist sogar oft verbunden mit betriebsnotwendigen Reisen, d.h. eventuell 2 bis 3 Tage dem Zuhause fernbleiben. So verlockend solche Reisen im Anfang aussehen, so belastend sind sie, wenn das „Muß" dahintersteht. Und noch viel mehr, wenn der Ehepartner es nicht gerne sieht, wenn seine Frau der ehelichen Gemeinschaft über Nacht fernbleibt. Hier ist die altverwurzelte Meinung des Mannes in seiner Besitzerrolle oft so stark, daß mancher Aufstieg der Frau daran scheitert. Die Ehegatten stimmen zwar einer geregelten

Berufstätigkeit zu, aber wenn die beruflichen Pflichten Unannehmlichkeiten in den häuslichen Alltag bringen, hört das Verständnis leider sehr oft auf. Nun ist hier eine Wechselwirkung zu beobachten; die Männerwelt des Betriebes, die diese Schwierigkeiten sieht, scheut sich, die Frau in leitende Positionen hineinzubringen, weil sie glaubt, daß die Frau häusliche und berufliche Pflichten nicht miteinander vereinen kann, und der eigene Mann will oft den Aufstieg nicht, weil darunter seine eigene eingefahrene bequeme Häuslichkeit leiden könnte. Der Ausspruch „Mein Mann ist auf Geschäftsreise" ist kein Makel, eher ein Beweis dafür, auf welch wichtigem Posten der eigene Mann im Betrieb steht. Wie aber reagiert die Umwelt heute noch, wenn ein Mann sagen würde, meine Frau ist beruflich unterwegs? Hat die Frau das nötig, verdient der Mann nicht genug, würde die Frau sich nicht besser um den Haushalt kümmern? All dies sind Gedanken, die man der Betroffenen gegenüber nicht ausspricht, aber im Verhalten spürt man die negative Einstellung der Umwelt und ach, wie sehr achten wir doch darauf, in unserer kleinen Welt geachtet zu sein und keinen Anlaß zum Anstoß zu geben.

Ich habe diese Schwierigkeiten im Beruf bewußt geschildert, weil es nämlich die gleichen Schwierigkeiten sind, die den Schritt in die Öffentlichkeit erschweren. Dennoch ist die Befriedigung, mitarbeiten zu können, die Mühe und die Querelen wert. Wenn ich also eine Lanze dafür breche, daß die Berufstätigkeit der Frauen mit der Möglichkeit des Aufstiegs eine lohnende Sache ist, so muß man sich auch die Frage stellen, ob solche Frauen nur Pflichten im Beruf und in der Familie haben oder ob auch die Gesellschaft von ihnen einen Einsatz fordert. Wir sollten diese Aufgabe bejahen. Die Frau muß sich auch den Verpflichtungen gegenüber der Allgemeinheit stellen. Es ist nicht damit getan, für Frauenrechte Forderungen an den Gesetzgeber zu stellen, sondern die Frauen müssen bereit sein, auch öffentliche Aufgaben wahrzunehmen. Hier ist nicht nur die berufstätige Frau, hier sind alle Frauen angesprochen. Ein Amt in der Öffentlichkeit wahrzunehmen heißt zumeist, ein Ehrenamt zu bekleiden. Wie der Name schon sagt, geschieht dies um der Ehre willen und bringt in der Regel keine materiellen Vorteile. Im Gegenteil, die Zeiten, in denen solche Ehrenfunktionen wahrgenommen werden, liegen in der ach so karg bemessenen Freizeit. Vielleicht wäre es oft reizvoller, diese Zeit subjektiv gestalten zu können, aber wenn wir Frauen den gesetzlich verankerten Grundsatz der

Gleichberechtigung wollen, dann kann Gleichberechtigung nicht gleichgesetzt werden mit dem Erreichen von Vorteilen, dann müssen wir auch an den Pflichten, die die Gesellschaft uns auferlegt, partizipieren. Man kann nicht nur das eine wollen, sondern man muß dann „ja“ zum Ganzen sagen. Und ist denn das Übernehmen eines Amtes in der Gesellschaft so schlimm? In den meisten Fällen lernt man sehr viel dazu, wird mit Lebensbereichen konfrontiert, die einem bis dahin fremd waren. Kurzum, man sieht die Welt nicht mehr aus dem eigenen subjektiven Winkel, sondern lernt erkennen, daß dicht neben uns Menschen mit Problemen wohnen, von denen wir bisher keine Ahnung hatten. Und hier eventuell helfen zu können! Was kann das für eine Frau bedeuten? Die der Frau angeborene Mütterlichkeit, mit dem Instinkt zu schützen, mit der althergebrachten Aufgabe Konflikte zu lösen, kann sich im Ehrenamt voll entfalten. Oft wird entgegengehalten, „mir fehlt die Sachkenntnis“. Die Sachkenntnis ist sicher von Nutzen, und mit etwas gutem Willen kann man unter der Vielfalt der Bildungsangebote sich auch eine gewisse Sachkenntnis, über das berufsbezogene Fachwissen hinaus, aneignen, wenn nicht schon die Berufstätigkeit eine solche Grundlage in sich trägt. Meist aber geht es um ein Erkennen des Machbaren, um den Sinn für Effektivität und Realität. Ich möchte behaupten, daß ein großer Teil unserer Frauen die notwendigen Qualifikationen für diese Öffentlichkeitsaufgaben besitzt. Aber leider ist die Bequemlichkeit oft der Hemmschuh, diese Aufgaben zu übernehmen. Wie manche Ehefrau beklagt es, daß ihr Mann diese oder jene Verpflichtung hat, mit anderen Worten, sie überläßt das Feld der Öffentlichkeitsarbeit ihrem Ehegatten.

Nun wird manche Frau antworten, daß sie ja gerne mitarbeiten würde, aber wie soll sie es anstellen, an eine solche Aufgabe zu kommen. Natürlich muß man erst einmal selbst aktiv werden, d. h. sich in Verbänden, Kommunen u. ä. an der Arbeit beteiligen. Dies bringt Fachkenntnis und sicherlich auch anschließend Aufgaben. Man kann es auf einen einfachen Nenner bringen: Wo ein Wille ist, ist auch ein Weg! Nehmen Sie die angebotenen berufsspezifischen, politischen, kulturellen oder gesellschaftspolitischen Angebote wahr, und haben Sie den Mut, dort, wenn es Ihnen angebracht erscheint, Ihre Meinung zu äußern. Die meisten Frauen scheuen sich in einem größeren Kreis, das Wort zu ergreifen oder eine Frage zu stellen. Sie werden sehen, wenn Sie diese Hemmung überwunden haben, daß sich dann die Diskussionsfreudigkeit einstellt. Man sollte aber nie diskutieren, um sich selbst reden zu hören, sondern nur dann, wenn man glaubt, einen wirklichen Beitrag leisten zu können. Das setzt eine gewisse Disziplin voraus. Seien Sie aber bei aller Disziplin nicht zu selbstkritisch, sondern haben Sie den Mut, sich zu Wort zu melden. Dann wird man Ihren Willen zur aktiven Mitarbeit sehr schnell erkennen, und die Möglichkeiten, in die Öffentlichkeitsarbeit einzutreten, ergeben sich dann von selbst.

Nun, liebe Leserin, habe ich Ihnen vieles gesagt, was man tun und was man lassen soll. Ich hoffe aber, Sie haben daraus entnehmen können, was und wie man es tun sollte. Da ich Ihnen aber schreibe aus der Sicht einer Unternehmerin, möchte ich dem Vorhergesagten noch einiges hinzufügen. Auch eine Unternehmerin kann nur dann Frauen zum Aufstieg verhelfen, wenn sie gewillt sind, sich allen Anforderungen der leitenden Funktion zu stellen. Bei allem Verständnis für die Geschlechtsgenossin muß sie doch das Wohl ihres Betriebes und damit aller Arbeitsplätze vorrangig sehen, und sie kann und wird nur dann einer Frau die Aufstiegschancen einräumen, wenn diese Frau die fachliche und menschliche Qualifikation gewährt.

In den langen Jahren meiner Erfahrung mit aktiven und erfolgreichen Unternehmerinnen habe ich eine interessante Feststellung gemacht, die wahrscheinlich mit den mangelnden Aufstiegschancen der Frauen verbunden ist. Frauen sind sehr risikofreudig, ohne dabei den Sinn für das Machbare zu verlieren. Dazu eine interessante Zahl: ca. 35% aller deutschen Unternehmerinnen sind Firmengründerinnen. Auffallend ist in diesem Prozentsatz das Alter. Es handelt sich meist um Frauen unter 40 Jahren. Viele Gespräche mit diesen Wagemutigen haben ergeben, daß die Aussichtslosigkeit im abhängigen Beruf sie dazu bewogen hat, die Selbständigkeit zu wählen. So hat z. B. eine ehemalige Chefsekretärin ein Büro zur Vermittlung von Zeitarbeitskräften eröffnet. Eine andere hat aus dem leichtsinnigen Konkurs ihres Chefs gelernt, wie man es nicht machen soll, und hat eine Firma in der Bauzulieferungsbranche (Fenster und Türen) gegründet, in der sie ihre bisherigen Kenntnisse verwendet, eine andere wiederum hat ihre häuslichen Pflichten und Kenntnisse ökonomisch umgesetzt und ein Reinigungsinstitut eröffnet. Ich könnte die Reihe dieser Beispiele beliebig fortsetzen, wobei interessant ist, daß die Eigengründungen sich nicht auf typisch weibliche Branchen beziehen, im Gegenteil sich meist in Berufe verlagern, die schlechthin als männliche Domäne angesehen werden. Ich denke hier an Transportunternehmen, an eisenverarbeitende Industrie, an Bauunternehmen, graphische Betriebe u.ä. Natürlich ist man als Unternehmerin sein „eigener Herr“ („seine eigene Frau“). Aber diese Eigenständigkeit entbindet in keiner Weise von den geschilderten Anforderungen. Ständiges Sich-Behaupten, kontinuierliche Weiterbildung, Verzicht auf einen gewissen privaten Freiraum prägen den Arbeitstag. Ich möchte aber nicht versäumen, Ihnen zu schreiben, daß auch die Freude am Erfolg, die Eigenbestätigung und der ausgefüllte Tag ein Gefühl der Befriedigung geben und eine Zufriedenheit, die in die private Sphäre hineinstrahlt. Trotz aller Sorgen, die täglich im Unternehmen gemeistert werden müssen, bleiben sie für ihre Familie ein Partner, der im Leben steht und Verständnis für die Gespräche unter Freunden zeigt.

Wie bereits erwähnt, sind Karriere-Frauen in Amerika längst eine Selbstverständlichkeit. Und auch hierzulande nimmt die Zahl der Frauen, die sich in leitende Positionen hocharbeiten, immer mehr zu, wenn es den Frauen dabei auch stets noch schwerer gemacht wird als den männlichen Wettbewerbern.

Die Unternehmerin muß sich mit vollem Engagement dem Unternehmen widmen. Hierfür muß sie überdurchschnittlich viel leisten. Ihr Tag, ihre Wochen werden nicht stundenweise abgezirkelt sein. Sie wird ein Vielfaches erbringen müssen an Stunden gegenüber einer Zeit im angestellten Arbeitsprozeß. Dazu muß sie bereit sein. Wenn man die letzte Statistik des Deutschen Industrie- und Handelstages (DIHT) liest, in der berichtet wird, daß jeder zweite angehende Kaufmann eine Frau ist, so gibt diese Zahl doch Aufschluß darüber, daß die Berufstätigkeit unserer Frauen den Weg zum Selbstverständnis erleichtert und auch sicher zu erwarten ist, daß von diesen Frauen ein ansehnlicher Teil gewillt ist, Aufstiegschancen wahrzunehmen, auch wenn Schwierigkeiten diesen Weg mit Steinen pflastern. Oft wird nicht nur von Männerseite, sondern auch aus den Reihen der Frauen argumentiert, daß sich Beruf und Mutterrolle nicht vereinbaren lassen. Ich finde, hier sollte in erster Linie der Wille der Ehepartner entscheiden, ob die Kinderbetreuung und der Haushalt genau wie der Beruf von beiden gemeinsam getragen wird oder ob einzelne Bereiche nur der Frau oder dem Mann zufallen. Das funktioniert natürlich nur in Familien, wo der Mann nicht patriarchalisch der Frau die Rolle diktiert, sondern da, wo die Frau sich in Freiheit zum Beruf oder zum Haushalt entscheiden kann. Wenn ich an meinen eigenen Lebensweg denke, so war dieser geprägt für die Aufgabe einer häuslichen Rolle, als Frau und Mutter. Ich habe nie daran gedacht, berufstätig zu werden. Als die Notwendigkeit an mich herantrat, habe ich zunächst an meinen eigenen Fähigkeiten gezweifelt, aber dann Gefallen und Befriedigung an der mir auferlegten Aufgabe gefunden. Und heute nehme ich nicht nur meine betrieblichen Pflichten wahr, sondern bekleide eine Reihe von Ämtern, in denen ich die Möglichkeit sehe, jungen Menschen frühzeitig den Weg zu erleichtern, den ich oft mit großen Schwierigkeiten für mich freiräumen mußte. Neues hat mich immer gereizt. Was ich zu leisten vermag, habe ich eigentlich erst durch Herausforderung erfahren. Engagement ist für mich mehr als ein Wort, und so mache ich aktuelle zeitkritische Probleme zu meinen eigenen und setze mich – so gut es geht – dafür ein.

Liebe junge Frau, ich habe versucht, Ihnen am Beispiel meiner Erfahrungen zu erklären, wie wichtig Ihre Rolle in unserem Staat ist, und hoffentlich konnte ich Sie ermutigen, den Schritt in die Öffentlichkeit zu wagen. Wir Frauen sind Staatsbürger, und alle Staatsbürger sind gefordert, an der Zukunft mitzubauen, sonst dürfen wir uns nicht wundern, wenn uns eines Tages der Vorwurf trifft, wir hätten uns dieser Aufgabe nicht gestellt.

Ihre H. Hoffmann-Vogels

HILDEGARD HOFFMANN-VOGELS, Professor, Dipl.-Volkswirt, geb. am 1. September 1920 in Mönchengladbach. 1940 Abitur. 1951 Übernahme der Firmenleitung im elterlichen Betrieb. 1956 Gründung des graphischen Betriebes in Viersen. 1955/56 Aufnahme des Studiums der Volkswirtschaft in Bonn. 1960 Abschlußexamen.
Unternehmerin, Inhaberin eines Unternehmens der Bürowirtschaft und eines graphischen Betriebes in Viersen. Inhaberin des Lehrstuhls „Organisation" an der FH Niederrhein, Abteilung Mönchengladbach – gleichzeitig stellvertretende Abteilungsleiterin.
Handels- und Landessozialrichterin. Zahlreiche weitere Ehrenämter.

HANNA-RENATE LAURIEN

Reformen in der Kirche – mit oder gegen die Frauen?

Liebe Freundin,

Sie fragen mich nach der Antwort der Kirche auf die Wandlungen, die sich in den letzten Jahren für die Frauen in ihrem Verhältnis zur Kirche ergeben haben. Dies ist ein komplexes Thema, und die angebotenen Lösungen sind je nach den verschiedenen Gebieten unterschiedlich zu bewerten.

Zu den großen neuen Fragen gehört die gesellschaftliche, die menschliche Beziehung zwischen Mann und Frau. Papst Johannes XXIII. rechnete die Wandlung in der Stellung der Frau zu den „Zeichen der Zeit". Die Pastoralkonstitution über die Kirche in der Welt von heute fordert: „Sache aller ist es, die je eigene und notwendige Teilnahme der Frau am kulturellen Leben anzuerkennen und zu fördern." Die Konstitution betont die Gottebenbildlichkeit aller Menschen und verlangt, daß „die Gleichheit aller Menschen immer mehr zur Anerkennung gebracht werden" muß.

Als Beispiel für diskriminierende Ungleichheit wird die Unfreiheit der Frau beklagt. Wer wollte dem widersprechen! Aber wer setzt sich für diese Befreiung, für die konkreten Nöte ein? Christen? Kirche? Wenn es um die Gleichrangigkeit der Frau geht, erwarten in der Bundesrepublik nur 1% der Frauen Hilfe von der Kirche, die meisten meinen, nur die Abkehr von der Kirche bringe Befreiung für sie. Soll und darf das unser letztes Wort sein? Wollen wir die Frage der menschlich verantworteten Gleichberechtigung wirklich nur dem Staat oder gar nur den Marxisten, Feministinnen und Spontangruppen überlassen?

Wir treffen heute nicht selten auf ein Verständnis von Gleichberechtigung, von Emanzipation, das die biologische Unterschiedlichkeit als Betriebsunfall, als Nachteil wertet. „Die Gleichheit aller Menschen immer mehr zur Anerkennung bringen", wie es das Konzil verlangt, heißt gerade die Gleichrangigkeit des Unterschiedlichen sichern und gleiche Rechte nicht in Gleichmacherei umschlagen lassen. Ein männlich geprägter Lebenslauf für Mann und Frau – das bringt nicht mehr Gleichheit, das bedeutet Unfreiheit, Beengung. Im 2. Familienbericht der Bundesregierung wird empfohlen: „Umkehrung des Geschlechtsrollenkriteriums" und „Relativierung des Geschlechtskriteriums in Gestalt gleichmäßiger oder rotierender Verteilung der Haushalts- und Berufspflichten an beide Geschlechter".

Ergebnis solcher „Lösungen" müssen neue Zwänge für die Frau sein. Rotierende Gebärfähigkeit kann es nicht geben, und so findet die Frau sich am Ende mit den Aufgaben des Mann- und Frauseins belastet und eben dadurch am Menschsein gehindert. Aber täuschen wir uns nicht. Die Berufung auf die Unterschiedlichkeit darf kein Vorwand für Geringschätzung sein. Gerade wenn wir als Christen Gleichberechtigung nicht als Revolte gegen die Schöpfungsordnung, sondern *in ihr* verwirklichen wollen, gerade wenn wir das Recht auf Unterschiedlichkeit als ein Recht auf Freiheit verteidigen, müssen wir auch in unserer Kirche Gleichrangigkeit für die Frau sichern. Überholter Patriarchalismus ist keine Antwort. Unsere Forderungen in die Gesellschaft hinein werden gemessen an unserer Lebensgestaltung in der Kirche. Es ist bestürzend, daß manche, die die Unterschiedlichkeit von Mann und Frau immer noch als Vorwand für das Verweigern wirklicher Gleichrangigkeit benutzen, nicht begreifen, daß sie damit den Vertretern mechanischer Gleichberechtigung, isolierter Emanzipation in die Hände arbeiten.

Lassen Sie mich ein Beispiel wählen: Wenn eine Frau in der Ehe quälend die finanzielle Abhängigkeit durch Taschengeld und Abrechnungszwang von ihrem Mann erfährt, wird sie nicht selten die Erwerbstätigkeit auch dann wählen, wenn eigentlich familiäre Pflichten und Aufgaben dem entgegenstehen. Sie wird so die Doppelrolle auch dann, wenn sie durch sie überfordert ist, wählen, um auf diese Weise Selbständigkeit, eigenen Verfügungsraum zu erhalten. Die in der Ehe verweigerte Partnerschaft ist darum gewiß nicht selten Ursache für die unerträgliche Überforderung durch zwei oder drei Pflichtbereiche. Verweigerte Partnerschaft läßt ausbrechen in die Gleichzeitigkeit männlicher und weiblicher Lebensrolle. Ganz ähnlich ist es im gesamten gesellschafts- und kirchenpolitischen Bereich. Verweigern von Partnerschaft führt unausweichlich zur Verweigerung der Einsicht in menschlich-geschöpfliche Unterschiedlichkeit.

In der Dogmatischen Konstitution über die Kirche heißt es: „Es ist also in Christus und in der Kirche keine Ungleichheit aufgrund von Rasse und Volkszugehörigkeit, sozialer Stellung oder Geschlecht." Damit wird das biblische Wort aufgegriffen, daß für die Getauften nicht mehr Mann oder Weib gelte, denn „alle sind eins in Christus". Diesen Maßstab, das dürfen wir nicht vergessen, haben Christentum und Kirche in die Gesellschaft gebracht. Sie werden jetzt selbst an ihm gemessen. Das Nachhinken in der Stellung der Frau in unserer Kirche läßt sich mit dieser Botschaft gerade nicht rechtfertigen.

Wir sollten deshalb gerade in der gegenwärtigen Situation jede Möglichkeit nutzen, um Gleichrangigkeit der Frau in all den Bereichen zu verwirklichen, die nicht von der Frage nach dem Weihepriestertum betroffen sind. Gerade in dieser Situation sollten wir die ersten, zweiten und dritten Schritte vollziehen, um dann in um so größerer Gelassenheit, aber in ebenso unermüdlicher Zähigkeit abwarten zu können, wie es letztlich mit dem „letzten Schritt" ausgehen wird. Halten wir uns an das biblische Wort, daß eine Entwicklung, die von Gott ist, letztlich zustande kommen wird. Die von Papst Paul VI. eingesetzte Kommission zum Studium der Stellung der Frau in Gesellschaft und Kirche durfte sich nicht mit der Frage des Frauenpriestertums befassen. Sie hat eine Reihe von Empfehlungen 1976 vorgelegt, die sich sowohl an den Heiligen Stuhl wie an die Bischofskonferenzen und an die Ordensgenossenschaften und internationalen katholischen Organisationen richten, sie sind ein Beitrag, um das an Möglichkeiten auszufüllen, was sich uns gegenwärtig bietet.

Ich möchte aus der Reihe dieser Empfehlungen hervorheben, daß dort vor allem die Ausweitung der Präsenz sachkundiger Frauen in verantwortlichen Stellen bei den Leitungsgremien des Heiligen Stuhls gefordert wird. Wer hier die Statistiken und die Realitäten sorgfältig verfolgt, beobachtet leider auch Rückschritt statt Fortschritt. In der „Päpstlichen Kommission für die Revision des kirchlichen Gesetzbuches", sozusagen einer Schlüsselkommission, sitzt nicht eine einzige Frau. Hier vollzieht eine Männergesellschaft Gesetzgebung für Männer und Frauen. In einer Welt anstürmenden Unglaubens, einer Welt voll Gleichgültigkeit gegenüber dem Glauben, aufgrund des Festhaltens an Gewohnheit und Macht auf das volle Glaubenszeugnis der einen Hälfte der Menschheit, auf die gemeinsame Besinnung auf grundlegende Rechtsformen zu verzichten.

Auch die pastoralen Dienste von Männern und Frauen können nur voll entfaltet werden, wenn die rechtliche Grundlegung von beiden bedacht wird. Im Gewirr römischer Ausschüsse sind Frauen überall unterrepräsentiert. Der Katholische Deutsche Frauenbund hat schon 1964 gefordert, alles, was die Kirche hinsichtlich des Laienapostolats verkünde, müsse für Männer und Frauen Gültigkeit haben. Die kanadischen Bischöfe haben im April 1971 beschlossen, sich für die Aufhebung aller diskriminierenden kirchenrechtlichen Bestimmungen einzusetzen. Hier sind wir aufgefordert, Mögliches zu realisieren. Die Synode der katholischen Bistümer in der Bundesrepublik Deutschland hat ein Votum beschlossen und an den Papst gerichtet, Frauen nicht weiter vom Diakonat auszuschließen, vielmehr an die Praxis der alten Kirche anzuknüpfen.

Am Schicksal dieses Votums wird sich, davon bin ich überzeugt, die Geschichte der Stellung der Frau in der Kirche entscheiden. Mancher meint, sich immer wieder auf die angeblich nur männliche Jüngergemeinschaft und das frauenlose Abendmahl berufen zu müssen. Er läßt aus, wie schon im Alten Testament Männer und Frauen unter dem Anspruch des Geistes stehen. Er läßt aus die Wirklichkeit Jesu und die Wirklichkeit der jungen Kirche, er läßt aus die Wirklichkeit einer Hildegard von Bingen und einer Katharina von Siena. Urkirche und Bibel rechtfertigen unsere Rückständigkeit in Sachen Frau nicht. Christus war gewiß kein Sozialrevolutionär, kein Vertreter der Frauenemanzipation, aber er hat in souveräner Selbständigkeit Gepflogenheiten seiner Zeit durchbrochen, wenn es um den Menschen ging. Er lehrt Maria und Martha, obwohl doch das damalige Judentum es für unnütz hielt, Frauen zu lehren, und auch die römische Erklärung weist darauf hin, daß „nämlich Jesus mit den Vorurteilen seiner Zeit gebrochen hat, indem er den konkreten Formen der Diskriminierung der Frauen entschlossen entgegengetreten ist". Ja, in der Erzählung von Maria und Martha ist die traditionelle Frauenrolle eben gerade nicht mehr normativ, sondern Maria, berufen zur Jüngerschaft, wird als Maßstab gesetzt. In den Gleichnissen kommen Männer und Frauen vor, und Jesus spricht, zum Erstaunen der Jünger, mit der Frau aus Samaria. Jesus bringt kein Programm für die Frau, aber er bringt den Menschen als Mann und Frau Liebe, Erlösung und Heil. Das Pfingstgeschehen belegt Gemeinsamkeit von Männern und Frauen in der Neuen Schöpfung. Gemeinsam wartet man auf die Herabkunft des Heiligen Geistes. Abermals mache ich darauf aufmerksam, daß die römische Erklärung dieses Verhalten Christi hervorhebt, daß es dort heißt, wie Christus im Gegensatz zur jüdischen Mentalität, die dem Zeugnis von Frauen keinen großen Wert zuerkannte, Frauen als Übermittler der österlichen Botschaft zu den Aposteln hin anerkannte, wie sie selbst offizielle Zeugen der Auferstehung werden.

Eben aus diesen Zeugnissen läßt sich nur die gleiche Würde von Mann und Frau herleiten. Die Apostelgeschichte ist voller Erwähnung christlicher Frauen. Tabitha in Joppe wird Jüngerin genannt, der erste Christ auf europäischem Boden war eine Frau: Lydia, die Purpurhändlerin aus Thyatira. Prisca ist geachtet, Paulus empfiehlt die Diakonin Phoebe. Und mit Evodia und Syntyche dankt er einer Frau, die er „meine echte Werkgenossin" nennt, was die Übersetzer lange Zeit nicht aushielten, sondern in eine männliche Form verwandelten. Paulus hat auf geistlicher Ebene den Durchbruch zur Gleichrangigkeit vollzogen; daß er sich nicht zur sozialen Veränderung durchrang, weder bei den Sklaven noch bei der Frau, darf uns nicht hindern, nun die gesellschaftliche Wirklichkeit entsprechend der geistlichen Einsicht zu gestalten. Damals, angesichts der Naherwartung des Kommens Christi, meinte man, den sozialen Durchbruch vertagen zu können. Wir heute dürfen ihn nicht vertagen. Wir sollten gerade in der Frage des Diakonats der Frau ein Zeichen setzen. Die Diakonin, als Bild des Heiligen Geistes verehrt, war, wenn auch in besonderem Rang, Klerikerin im eigentlichen Sinn. Sie nahm zwar nicht Altardienst und Lehramt wahr, wohl aber Taufe, Kommunion, Krankensalbung und allgemeine Seelsorge. Noch beim Konzil von Chalkedon bildeten Witwe und Diakonin einen kirchlichen Stand. Im Kanon 19 des Nicänums wird die Weihe der Diakoninnen ausdrücklich erwähnt. Erst vom 13. Jh. an gab es im Westen keine Diakoninnenweihe mehr.

Auf dieser Tradition aufbauend, sollen und müssen wir Zeichen der Zeit und Zeichen des Glaubens setzen.

Im kanonischen Recht finden sich immer noch Diskriminierungen zuhauf. Nehmen wir ein harmloses Beispiel:

Bei Heiligsprechungsprozessen kann der männliche Antragsteller wählen, ob er die Sache persönlich oder durch einen Prokurator führen will; Frauen müssen den Prokurator nehmen. Überall das Bild der unmündigen, zur Selbstbestimmung nicht fähigen Frau. Gewiß, kanonisches Recht wird nicht über Nacht geändert. Aber immerhin haben wir in Deutschland das politische Frauenstimmrecht seit 1919.

Auch neuere Verlautbarungen zeigen leider nur selten andere Züge. Die 3. Instruktion für die rechte Anwendung der Konstitution über die heilige Liturgie vom 5. September 1970 läßt genauso wie die Allgemeine Einführung in das Römische Meßbuch die Frau zum Vortragen von Lesungen nur außerhalb des Altarraumes zu, sofern kein geeigneter Mann vorhanden ist.

Die Verwirklichung der Zulassung von Laien zur Kommunionspendung zeigt in all ihrem unsicheren Ablauf doch, wie sehr Bemühen wirksam sein kann, wie weit Einsicht und Veränderung möglich sind.

Lassen Sie uns aus einem solchen in gläubiger Entschlossenheit vollzogenen Verhalten erkennen, welche Dienste in unserer Kirche möglich sind. Im Motu proprio „Ministeria quaedam" vom 15. 8. 1972, das Akolythen und Lektoren einsetzte, sind Frauen von den Diensten des Vorlesens und Kommunionspendens ausgeschlossen, wenn diese Dienste im Altarraum zu verrichten sind. So hatte der Heilige Stuhl auch 1967 auf eine Anfrage der Deutschen Bischofskonferenz, auch Laien zur Austeilung der heiligen Kommunion zuzulassen, nur mit einer Genehmigung für männliche Personen geantwortet. Als dann aber katholische Frauen nachfragten, was denn der Grund solcher Zurücksetzung sei, wurde mit einer Neuregelung geantwortet: nun hieß es, daß „geeignete Personen (Männer und Frauen)" mit diesen Aufgaben betraut werden können. Passende Kleidung soll dabei getragen werden – für Männer wird Talar mit Chorrock oder Albe empfohlen, für Frauen eine möglichst unauffällige Zivilkleidung. Damit ist zwar durch den Verzicht auf eine liturgische Kleidung ein geringeres Maß an „Amtlichkeit" gesetzt, aber wie Professor Johannes Neumann feststellt, durch diese von der römischen Kurie gebilligte Anordnung der Deutschen Bischöfe ist der geistige Lettner gefallen, ist ein von manchen für absolut gehaltenes Tabu aufgehoben.

Ähnliches beobachten wir auch, wenn es darum geht, Messe zu dienen. Neuerdings bestimmt die Allgemeine Einführung in das Römische Meßbuch nur noch, daß die Messe aus schwerwiegenden Gründen nicht ohne Altardienst gefeiert werden dürfe, und in mehr als einer Kirche begegnen wir Jungen und Mädchen beim Messedienen, beide wohl gleich gläubig oder auch einmal verspielt und vorwitzig. Warum tun wir uns mit solchen, vom Wesentlichen ablenkenden Regelungen so schwer?

Was für Verkrampfungen, was für Ängste herrschen da geheim und doch spürbar? Spukt da etwa noch des sonst so verehrungswürdigen heiligen Thomas Bemerkung, daß Frauen von diesen Diensten ferngehalten werden müßten, weil sie die Gedanken der Männer in sinnliche Richtung lenkten? Diese Dienste, so müssen wir entgegnen, sind jahrhundertelang auch nicht nur von greisen Männern ausgeübt worden! Gefährden wir durch die Verhaftung an eine bestimmte Gesellschaftsform nicht Kern und Auftrag unseres Glaubens? Wie wenig Christsein mit einer einzigen Gesellschaftsform gleichgesetzt werden darf, lehrt uns die Erfahrung des Glaubens in der Dritten Welt. Christsein ist nicht identisch mit der weißen, männlich-europäischen-amerikanischen Kultur! Christentum kann und muß gelebt werden unter wechselnden kulturellen und gesellschaftlichen Bedingungen.

In anderen Fragen haben wir längst zur Freiheit des Christen gefunden. Das Zinsverbot aus dem 1. Timotheusbrief beachten wir nicht, genausowenig die Mahnung, daß Frauen im Gottesdienst nicht Gold und Perlen tragen dürfen.

Wer von uns würde die in der Schrift als Tatsache hingenommene Sklaverei heute dulden wollen? Tradition ernst nehmen heißt nicht frühere Verhältnisse fortschreiben, es heißt, in veränderter Zeit die eine Wahrheit zur Geltung zu bringen, in veränderter Situation immer neue Antworten aufgrund der unveränderten Wahrheit versuchen.

Wir haben einen Glauben, wir haben eine Tradition, die menschliche Freiheit und Würde begründen. Selbst der Marxismus lebt in seinen ernsthaften Vertretern noch von Spuren dieser Botschaft. Wir müssen uns nur der Fülle und der Breite unserer Tradition erinnern, wir müssen die volle Wirklichkeit der Schrift zur Kenntnis nehmen. Wir müssen uns klarmachen, daß männliche Geschichtsschreiber in einer männlich geprägten Gesellschaft diese Wirklichkeiten untergehen ließen. Jeder erkennt in der Wirklichkeit das, was er für bedeutend hält.

Ob ich Rosen oder Dornen sehe, ob ich die Flasche für halbvoll oder für halbleer halte – das hängt von meinem Standpunkt ab. Historie war bisher, wie es in einem englischen Wortspiel heißt, „seine Geschichte“, „his story“, und weniger „ihre“ Geschichte, obwohl doch erst aus diesem Miteinander ganzes Menschsein und Menschheitsgeschichte erwächst.

Darum sollten wir auch im gesellschaftlich wirksamen Raum der Kirche Möglichkeit und Wirksamkeit für Frauen verbreitern.

Frauen brauchen in einem Ordinariat nicht nur in einer Abteilung für Kinder- und Jugendseelsorge tätig zu sein. Eine Volkswirtin kann genausogut Steuerrecht vertreten, wie dies ein Volkswirt kann. Auch im Bereich etwa von Kirchenzeitungen sollte die Kirche Zeichen setzen, indem sie an mehr als nur einer Stelle fähigen Frauen Leitungsfunktionen überträgt.

Ich bin ganz sicher, daß aus einer solchen gesellschaftspolitischen Repräsentanz mehr und mehr jene Mentalität, jene Meinung wächst, die Voraussetzung ist für ein vorurteilsloses Verwirklichen von Gleichrangigkeit und Gleichwertigkeit.

Katharina von Siena, inzwischen zur Würde der Kirchenlehrerin erhoben, zweifelt einmal an ihrer Berufung: „... denn mein Geschlecht ist für mich ein Hindernis." Und Gott antwortet ihr: „Mit der Gnade meines Geistes beschenke ich, wen ich will; es gibt nicht Mann oder Frau, nicht Gemeine oder Adelige, denn vor mir sind alle gleich." Für Gemeine und Adelige haben wir dies verstanden und vollzogen, für Mann und Frau müssen wir den Reichtum christlicher Überlieferung erst noch voll ausschöpfen. Immer noch fallen wir mit Menschenrecht dem göttlichen Ruf in die Arme. Im Angesicht unseres Gottes, in Bindung an Jesus Christus müssen wir Mann und Frau zu vollen Menschsein in unserer Kirche verhelfen.

Ihre Hanna-Renate Laurien

HANNA-RENATE LAURIEN, Dr., geb. 1928 in Danzig, Studium der Germanistik, Anglistik und Philosophie in Berlin, 1951 Staatsexamen und Promotion. 1951–1970 im Schuldienst des Landes Nordrhein-Westfalen, dabei von 1957–1963 im Kultusministerium Düsseldorf, seit 1965 Oberstudiendirektorin in Köln. 1970 Berufung ins Kultusministerium von Rheinland-Pfalz, von 1971–1976 Staatssekretärin. Seit Dezember 1976 Kultusminister des Landes Rheinland-Pfalz.

EMILIE LIEBERHERR

Die wirkliche Gleichstellung muß immer wieder neu erkämpft werden

Liebe deutsche Freundin,

die Schweiz, sagt man, sei in vielen Belangen ein Sonderfall. Etwa in der Außenpolitik, wo als Folge unserer institutionalisierten Neutralität der Anschluß an die UNO bis heute nicht vollzogen werden konnte, oder hinsichtlich der inneren Strukturen des Landes, wo der Föderalismus nicht ab-, sondern zunimmt. Vier Sprachen tragen den Stempel „offizielle Landessprache", dazu sind wir ein an Rohstoffen ärmstes Land und verfügen trotzdem über den Rohstoff Gold im Übermaß – wohlverstanden in den Sicherheitskammern der Schweizerischen Nationalbank und der anderen Großbanken.

Daß wir im Bereich des Frauen-Stimm-und-Wahlrechtes auch lange ein Sonderfall waren, frappiert die Ausländer mehr als uns Schweizer. Während in den meisten Ländern die Frauen im Anschluß an Kriege durch Parlamentsbeschluß das Stimm- und Wahlrecht erhalten haben – so quasi als Belohnung für das Einstehen in schweren Zeiten und als Auftakt zur Errichtung oder Erneuerung eines demokratischen Staatsgebildes –, machten es sich die Schweizer diesbezüglich mehr als schwer. Obwohl die Kriege unser Land nur unmittelbar berührten und kein Wiederaufbau großen Ausmaßes die letzten Kräfte der Bewohner mobilisieren mußte, schufen die um unser Land brandenden Kriegswirren doch einen materiellen und psychischen Druck. Während die Männer durch die Landesverteidigung beansprucht waren, führten die Frauen die Arbeit in den Fabriken, Gewerbebetrieben, in der Landwirtschaft, in Dienstleistungsunternehmen und Schulen weiter. Auf den Dank mußten sie allerdings lange warten. Über Jahrzehnte hinweg kämpften die Frauenorganisationen, assistiert von einem in den Anfängen eher kargen Trupp männlicher Mitstreiter, um ihre politischen Rechte. Der Versuch, auf dem Wege von Parlamentsbeschlüssen (Bundesparlament im Bereiche der Eidgenossenschaft, Kantonsparlament für den Bereich der Kantone und Gemeindebeschlüsse für die über 3000 Gemeinden) das Frauen-Stimm-und-Wahlrecht durchzusetzen, wurde oft suggeriert, von den Staatspolitikern und den Staatsrechtlern jedoch als rechtswidrig bezeichnet. Auf allen drei Ebenen mußte der männliche Stimmbürger als Souverän an der Urne über die Gewährung der politischen Rechte entscheiden. Wahrhaftig, ein mühseliger, ein langer Weg. Tausende von Frauen haben diesen Weg vorbereitet, sich als Mannweiber beschimpfen lassen, ihren beruflichen Aufstieg dadurch erschwert, wenn nicht sogar verunmöglicht, ohne daß sie am Schluß die Früchte ihrer langen Arbeit noch ernten, geschweige denn genießen konnten. So folgten sich denn im Laufe der letzten Jahrzehnte Abstimmung auf Abstimmung im Bund, in einzelnen Kantonen und in den Gemeinden. Die anfänglich beträchtlich hohen Zahlen der Neinstimmen wurden allmählich gesenkt, bis Ende der 50er Jahre der Durchbruch in drei Kantonen (Genf, Neuenburg, Waadt) gelang. Im Jahre 1966 folgte Basel. Im gleichen Jahr versuchten wir Zürcher Frauen, wenigstens das kantonale Stimm- und Wahlrecht zu erreichen, noch immer ohne Erfolg. Mit dem Mut der Verzweiflung entschlossen wir uns dann, ganz unten bei der Gemeinde zu beginnen, dieses Mal mit Erfolg. Allerdings war dieser Abstimmung eine kleine Kraftprobe vorangegangen. Im Zusammenhang mit der Diskussion um die Unterzeichnung der Menschenrechtskonvention durch die Schweiz hatte die Landesregierung ihren Willen bekundet, diese für das internationale Geschehen so wichtige Vereinbarung zu unterzeichnen, auch wenn sie dabei Vorbehalte anbringen mußte. Vorbehalt Nr. 1: das fehlende Frauen-Stimm-und-Wahlrecht. Wir Frauen protestierten. Ratifikation der Menschenrechtskonvention ja, aber erst wenn die Hindernisse hinsichtlich der politischen Diskriminierung der Frauen aus dem Weg geräumt sein würden. Das ausschließlich männliche Parlament war aber anderer Meinung. Da geschah etwas, was selbst die Männer erstaunte. Die Frauen, die sich bisher immer nur mit verbalen Protesten begnügt hatten, einigten sich auf die Durchführung einer großen machtvollen Demonstration vor dem Parlamentsgebäude in Bern. Dazu wurden die Frauen in allen Landesgegenden aufgerufen, in Bern einzumarschieren. In der ersten Euphorie des gemeinsamen Planens sagten fast alle Sektionen des schweizerischen Frauenstimmrechtsvereines zu. Der Mut, welcher der Entscheidung zu Gevatter stand, schwand jedoch langsam dahin, als ihnen von „wohlmeinenden Männern" aus dem öffentlichen Leben zu bedenken gegeben wurde, wie negativ ein solcher Protest das Image der Schweizer Frauen beeinflussen würde, daß öffentliches Protestieren doch wohl immer etwas „Linkes" sei, ja daß die Aktion sicher innert Kürze durch mitlaufende jugendliche Demonstranten umfunktioniert würde. Wir standen damals ja noch immer im vibrierenden Sog der sogenannten Pariser Maitage. Es war eine hektische Zeit in der schweizerischen Frauenbewegung. Auch die Zürcherinnen waren geteilter Meinung. An einer Sitzung in Bern beschwor ich die mutigen Elemente der nordost- und nordwestschweizerischen Kantone, das „Herz in beide Hände zu nehmen" und den Marsch nach Bern zu wagen.

Der Schritt nach vorne sollte später auch für mich seine Konsequenzen haben. Vorderhand aber fand die Demonstration auf dem Bundesplatz in Bern am 10. März 1969 bei schönstem Wetter und bei bester Beteiligung statt. Tausende von Frauen und Hunderte von Männern brachten zum Ausdruck, daß eine Gesellschaft, in welcher die Frauen nur mitarbeiten, aber nicht mitreden und mitbestimmen können, eine ungerechte Gesellschaft sei. Die Demonstration verlief wie geplant, kleinere Störversuche wurden erfolgreich abgewiesen. Es war keine gedrückte Stimmung. Selbstbewußt und der Zukunft zugewandt traten wir vor die Öffentlichkeit. Ein Höhepunkt der Veranstaltung war zweifellos das Einstimmen der vieltausendköpfigen Menge in ein Pfeifkonzert mit kleinen mitgebrachten Trillerpeifen. Das Echo war entsprechend groß. Auf der einen Seite wurde den Männern klar, daß sich die Frauen nicht mehr weiter vertrösten lassen wollten. Die entsprechenden Gesetzesvorlagen wurden eiligst vorbereitet oder aus den Schubladen gezogen und dem Parlament und dem Volk (Männervolk!) zur Abstimmung unterbreitet. Die Frauen anderseits empfanden den „Marsch nach Bern" als Stärkung ihres Selbstgefühls und als Beweis ihrer Fähigkeit, öffentlich zu ihren berechtigten Ansprüchen zu stehen.

Für mich persönlich war die Mitwirkung bei der Vorbereitung und bei der Durchführung der Demonstration eine wichtige Erfahrung. Aus dem sehr konservativen Kanton Uri stammend, zu einer Zeit aufgewachsen, als es für Mädchen aus einfachen Kreisen nur zwei Möglichkeiten gab, entweder eine schlecht bezahlte Frauenarbeit zu übernehmen oder möglichst rasch zu heiraten, um damit versorgt zu sein, hatte ich mich wider alle anderen

Strömungen schon früh entschlossen, einen eigenen Weg zu suchen. Allen Widerständen zum Trotz nahm ich mir vor, zu studieren und etwas zur Besserstellung der Situation der Frau beizutragen. Das Leben führte mich schon früh an Frauen heran, welche in der Frauenbewegung eine maßgebliche Rolle spielten und mit ihrem Wirken mein Tun beeinflußten. Neben der Mitarbeit beim Kampf um die politischen Rechte fühlte ich mich schon sehr früh mit den Anliegen der Konsumenten verbunden. Der größte Teil der Konsumfunktionen wird ja von Frauen ausgeübt, eine Tatsache, welche weder gesellschaftspolitisch noch volkswirtschaftlich genügend gewürdigt wird. Rund ein Dutzend Jahre präsidierte ich das Konsumentinnenforum der deutschen Schweiz und des Kantons Tessin, eine Organisation, welche von den Dachverbänden der Frauen geschaffen und von den verschiedensten Frauengruppierungen getragen wurde. Und dann kam es also zur Gewährung des Stimm- und Wahlrechtes in der Stadt Zürich. Gleich zwei Monate nach dem denkwürdigen Ereignis wurde ich von der sozialdemokratischen Partei der Stadt Zürich angefragt, ob ich bei den Erneuerungswahlen der städtischen Behörden für den Stadtrat (städtische Regierung/Exekutive) kandidieren würde. Ich war bisher nirgendwo Parteimitglied. Mein Stolz ließ es nicht zu, in einer Partei mitzumachen, ohne die Möglichkeit zu haben, bei der politischen Meinungsbildung mitzuwirken. Nun hatte dieser Vorbehalt die Berechtigung verloren. Trotzdem zögerte ich. Der Schritt in die Öffentlichkeit war für mich, die ich nun bereits 20 Jahre an der vordersten Front für die Frauen und Konsumenten gestanden hatte, doch nicht so selbstverständlich. Schließlich aber sagte ich gerade der Frauen wegen zu. Ich muß dabei etwas ausholen über die Tätigkeit des Stadtrates von Zürich. Es handelt sich um ein neunköpfiges Gremium, alle gleichberechtigt. Auch der Stadtpräsident ist nur Primus inter pares. Ihm kommt einzig der Vorsitz in der Sitzung und die Vertretung der Stadt nach außen zu. Alle neun Stadträte sind vollamtliche Politiker, deren Aufgabe aus zwei Komponenten besteht: nach den Prinzipien des sogenannten Kollegialsystems alle Beschlüsse über die Stadt gemeinsam zu fällen und daneben vollverantwortlich eines der neun Ressorts zu leiten. Man hat also sozusagen eine Doppelfunktion. Jeder Stadtrat hat die Geschäfte, die aus seiner Abteilung stammen, sowohl innerhalb der Exekutive als auch im Gemeindeparlament (125 Mitglieder) und sofern die Beschlußfassung in der Kompetenz der Stimmbürger liegt (Referendum), auch gegenüber den Bürgern zu vertreten. Die neun Departemente sind traditionell gewachsen. Es handelt sich dabei um: Präsidialabteilung (Kultur), Finanzen, Schulwesen, Soziales, Gesundheit und Wirtschaft, Polizei, Industrielle Betriebe, Tiefbauten und Hochbauten. Bei den ersten Erneuerungswahlen nach der Einführung des Frauen-Stimm-und-Wahlrechtes im Frühjahr 1970 standen 12 Kandidaten zum Kampf bereit, 11 Männer und 1 Frau. Bei den Männern 6 bisherige.

Die konkreten Gründe, der Frauen wegen zuzusagen, waren für mich die folgenden: einmal war ja ein Wahlkampf zu bestehen, ein Geschehen, das auch in den ruhigen Gefilden Helvetiens einige Wellen schlägt. Und sollte ich gewählt werden, würde mir nicht nur die Aufgabe zufallen, im Stadtrat über die Geschicke Zürichs mitzubestimmen, sondern auch eine große Verwaltungsabteilung selbständig zu leiten. Beide Aktionsfelder würden Gelegenheit bieten, einen Schritt nach vorne zu machen und einerseits für die Frauen neue Maßstäbe zu setzen und andererseits direkt für die Frauen zu wirken. Das eine würde ich mit dem Rütteln an alten Leitbildern, das andere mit dem Üben echter Solidarität charakterisieren. Die uns Frauen zugedachten Rollen haben sich in Tausenden von Jahren entwickelt. Das weibliche Wesen als Inbegriff der Hüterin menschlichen Lebens soll, so will es die Tradition, vor allem dienen. Selbstbewußtsein und Überlegenheit sind Eigenschaften, die bei Männern hoch geschätzt, bei Frauen dagegen als sehr negativ gewertet werden. Sich mit einem Dutzend Männern jeden Tag kontradiktorisch in allen Massenmedien auseinandersetzen zu müssen sollte beweisen, daß Frauen ob der politischen Hammerschläge nicht zerbrechen, psychisch belastbar sind und dabei trotzdem das bleiben, was man im Volksmund als „weiblich“ bezeichnen würde.

Besonders am Herzen lag mir zu jener Zeit und liegt mir auch heute noch das Vorleben von Solidarität unter den Frauen. Männer sind durch den Zwang gemeinsamen Kämpfens (um Nahrung, Verteidigung des Territoriums), also beim Durchstehen von Entbehrungen zu „Kumpeln“, resp. Brüdern, geworden. Dies geht uns Frauen ab. Schwestern sind wir nur ausnahmsweise, in den meisten Fällen jedoch Konkurrentinnen – um den Mann, den Arbeitsplatz und um den für Frauen noch sehr kärglichen Lebensspielraum.

Mein Wunsch ging am 8. März 1970 in Erfüllung. Ich erhielt

bei der Volkswahl die nötigen Stimmen, um in den Stadtrat einziehen zu können. An der ersten, der sogenannten konstituierenden Sitzung wurden die Departemente verteilt. Dies geschieht in gegenseitiger Absprache. Schon während des Wahlkampfes hatte ich mich dahingehend geäußert, daß ich die Leitung eines Amtes übernehmen möchte, mit dem ich mich voll identifizieren könnte. Dies war eindeutig das Sozialamt. Nun bin ich allerdings nicht der Meinung, daß einer Frau a priori eine Abteilung mit „social touch" zugeteilt werden sollte, wie dies von den Männern etwa vertreten wird. Frauen können ebensogut wie Männer das Finanzamt, das Polizeiamt, die Bauämter usw. führen, und umgekehrt spreche ich auch den Männern die Fähigkeit nicht ab, das Gesundheitswesen, die Fürsorge und das Soziale nicht nur mit Fachkenntnis, sondern auch mit der nötigen Phantasie und Begeisterung zu tragen. Aber eben, Voraussetzung ist das entsprechende Engagement, nicht bloß für sozialpolitische Ideen und Methoden, sondern vor allem für die angesprochenen Zielgruppen, seien es Jugendliche, Invalide, Kranke, Betagte, Hilfesuchende.

Meine ganze erste Wahlkampagne war geprägt vom Willen, drei Gruppen zu helfen, die mir als besonders benachteiligt immer wieder aufgefallen waren: die Jugend, die Frauen und die Betagten. Oft habe ich diese drei Gruppen als Randgruppen charakterisiert. Dies erscheint heute vielleicht als beinahe antiquiert. Damals aber brauchte es tatsächlich noch Mut, in der Öffentlichkeit die Identitätsprobleme dieser Menschen darzulegen und neue Lösungen anzubieten.

Wenn ich beim Eintritt in die praktische Politik von meinem Wunsch ausging, nicht einfach als singuläre Erscheinung zu wirken, sondern mit meiner Arbeit die Frauen zu ermuntern, sich ebenfalls für die Sache der Öffentlichkeit zu interessieren, Aufgaben zu übernehmen und damit ins Rampenlicht zu treten, so eignet sich dazu der Kommunalbereich ganz vortrefflich. Im Gegensatz zu den übergeordneten politischen Feldern wickelt sich hier die Arbeit in direktem Kontakt mit den Bürgern ab. Hier geht es nicht um hochgestochene Themen, sondern um Fragen wie den Bau von Schulen, Altersheimen, Theatern, Freizeitanlagen, Straßen, kurz Entscheidungen, die sich immer darum drehen, wie und wo der Lebensbereich verändert und nach Möglichkeit verbessert werden soll. Über solche Fragen mit den Bürgern – wozu ich selbstverständlich auch die Bürgerinnen rechne – zu diskutieren ist nicht nur einfach Staatsbürgerkunde, sondern der Anfang des Engagements für den Nächsten.

Daß die Arbeit im Sozialamt diesbezüglich besonders dankbar ist, dürfte auf der Hand liegen. Gemäß Gemeindeordnung (Stadtverfassung) ist dieses Ressort sowohl für die Jugend als auch für die Betagten und alle übrigen Alterskategorien zuständig, soweit Hilfe von der Öffentlichkeit her notwendig ist. So verfügt das Sozialamt über folgende Abteilungen: 25 Kinder- und Jugendheime, Berufsberatung und Stipendienwesen, Lehrstellenvermittlung, freiwillige Jugendfürsorge, Amtsvormundschaft, Fürsorgeamt, Verwaltung der Alters- und Spezialheime, Alters-, Invaliden- und Hinterlassenenbeihilfe, Bau und Verwaltung von Alterswohnungen, Stellenvermittlung für Sozialfälle, Stadtküche, Bau und Betrieb von Seniorenzentren, Spezialabteilung für jugendpolitische Belange.

Ich mache die Erfahrung, daß bei Vorlagen aus meinem Ressort die Frauen sowohl im Parlament als auch bei öffentlichen Diskussionen meistens ohne Zaudern aus ihrer Reserve heraustreten und beim Meinungsbildungsprozeß aktiv mitwirken. Die schweizerische Staatsform ist ja dadurch gekennzeichnet, daß sowohl bei der Gemeinde als auch beim Kanton und beim Bund die Stimmbürger verhältnismäßig häufig an die Urne gerufen werden. Sie wählen nicht nur ihre Vertreter in die Parlamente und Exekutive, sondern nehmen auch zu vielen Sachfragen Stellung. Dies ist denn auch der Grund, daß in der Stadt Zürich die Stimmbürger mindestens sechsmal pro Jahr eingeladen werden, mit dem Stimmzettel ihrer Meinung zu den Vorlagen des Parlamentes Ausdruck zu geben. Als erstes Gemeinwesen in der Schweiz hat z. B. Zürich auf dem Wege einer Volksabstimmung die Alimentenbevorschussung für außereheliche und Scheidungskinder eingeführt. An der Vorbereitung und an der Einführung dieses Sozialwerkes waren primär Frauen beteiligt: der parlamentarische Vorstoß wurde durch eine Frau eingebracht, die sozialstatistischen Untersuchungen von einer anerkannten Spezialistin erarbeitet und die Vorlage an das Parlament und schließlich an das Volk gleichermaßen durch eine Frau realisiert. Bevor es zur Abstimmung kam, deren Ausgang gar nicht etwa von vorneherein feststand, hatte ich zusammen mit anderen Frauen Gelegenheit, über die Notwendigkeit dieser Einrichtung zu schreiben und zu sprechen, also an die Öffentlichkeit zu treten, um die Bürger zu einem Ja zu motivieren.

Während ich am Niederschreiben dieses Briefes war, wurde ich ganz unerwartet von meiner Partei aufgefordert, in anderer Form nochmals in die politische Arena zu steigen. Dabei ging es um folgendes: im Ständerat der Eidgenossenschaft wurde einer der beiden dem Kanton Zürich zustehenden Sitze frei, weil der bisherige Inhaber zum Bundesrat (Mitglied der schweizerischen Regierung) gewählt worden war. Die sogenannte zweite Kammer besteht aus 44 Vertretern der 22 Kantone (oder Stände, deshalb Ständerat), während der Nationalrat, die sogenannte Volkskammer, 200 Vertreter aufweist, 16 davon Frauen. Während der ersten Legislaturperiode nach der Einführung des Frauen-Stimm-und-Wahlrechtes hatte eine tüchtige Genferin, Stadträtin Lise Girardin, im Ständerat Einsitz genommen, wurde dann aber leider bei der Erneuerungswahl nicht wieder bestätigt. Seither ist der Ständerat ein reiner Männerrat. Über Jahrzehnte hatte die Sozialdemokratische Partei des Kantons Zürich (die Partei mit dem größten Wähleranteil) einen der beiden Ständeräte stellen können. 1967 war der letzte Sozialdemokrat zurückgetreten, und seither war es der Partei nie mehr gelungen, einen der beiden Sitze bei der Volkswahl zu erobern. Ich muß beifügen, daß die Wahl des Ständerates genau wie die Wahl des Stadtrates nach dem Majorzsystem vor sich geht. Der vor drei Monaten zurückgetretene Ständerat gehörte der Freisinnigdemokratischen Partei an, welche den Sitz wiederum beanspruchte und als Kandidat eine Frau mit parlamentarischer Erfahrung, eine Nationalrätin, aufstellte. Die Sozialdemokratische Partei ihrerseits stellte alle möglichen Kalkulationen an und folgerte, daß als Kampfkandidat eine erfahrene Politikerin am meisten Chancen haben würde. Damit war der Schwarze Peter bei mir gelandet. Ich versuchte vergeblich, den Kopf aus der Schlinge zu ziehen. Wiederum erwartete man von mir „Mut zur Öffentlichkeit“. So sagte ich schließlich ja zur Kandidatur und stürzte mich mit meiner ganzen Energie in einen kurzen, aber intensiven Wahlkampf. Zwei Frauen als Gegenkandidatinnen oder eine „Damenwahl“, wie es männliche Journalisten etwas spöttisch nannten, war für die Schweiz etwas Neues. Begierig erwartete man das Duell. Wo immer beide Frauen in kontradiktorischen Veranstaltungen auftraten, waren die Säle zum Platzen gefüllt, standen die Zuschauer zu Hunderten vor der Türe und in den Gängen, ein Schauspiel, wie es in der politischen Landschaft der Schweiz eher selten ist. Aber eben, man erwartete eine Politschau. Ob die Leute diesbezüglich auf ihre Rechnung kamen, kann ich im nachhinein nicht eindeutig beantworten. Aber eines ist sicher, die Stimmbeteiligung war höher als erwartet und höher als in anderen ähnlich gelagerten Wahlen. Beide Kandidatinnen kämpften auf ihre Art und Weise, beide Parteien mobilisierten ihr gesamtes Hinterland, um den für sie so wichtigen Sieg zu erlangen. Wie immer bei solchen Wahlen, muß ein Kandidat verlieren und kann der andere gewinnen. Die Zürcher haben mir vor zwei Tagen den Auftrag gegeben, sie in der Schweizerischen Ständekammer zu vertreten. Ihn richtig zu erfüllen erfordert von mir nicht nur viel Arbeitseinsatz und Durchhaltewillen, sondern auch immer wieder Mut.

Wie Sie sehen, kann man sogar auf dem recht steinigen Boden der Schweizer Politik als Frau einiges erreichen. Wenn ich mit meiner Schilderung dazu beitragen konnte, Ihren Mut zu entfachen, bin ich glücklich.

Ihre Emilie Lieberherr

EMILIE LIEBERHERR, Dr. rer. pol. (53), ist 1970 als erste Frau in den Zürcher Stadtrat gewählt worden und steht seither dem Sozialamt vor. Sie ist als Tochter eines Eisenbahners in Erstfeld (Kanton Uri) aufgewachsen. Von 1952 bis 1956 studierte sie als Werkstudentin an der Universität Bern, wo sie ihre wirtschaftswissenschaftlichen Studien mit dem Doktorat abschloß. Von 1960 bis 1970 wirkte sie als Hauptlehrerin an der Gewerbeschule Zürich. Außerberuflich beschäftigte sie sich schon damals mit Konsumentenfragen und war bis 1975 Präsidentin des Konsumentinnenforums der deutschen Schweiz und des Kantons Tessin. 1976 wurde Frau Lieberherr vom Bundesrat mit dem Präsidium der Eidgenössischen Kommission für Frauenfragen betraut. Im Januar 1978 wurde sie als Vertreterin des Kantons Zürich in den Ständerat gewählt. Da dies kein Vollamt ist, bleibt sie vollberuflich Stadträtin von Zürich.

CHRISTA MEVES

Öffentlichkeitsarbeit auf eigene Rechnung

Liebe Jutta!

Herzlichen Dank für Deinen Brief. Du hast mir so viel Herzerfrischendes von Deinen mittlerweile den Kinderschuhen entwachsenen Söhnen und Töchtern erzählt, daß ich an Euerm so guten Familienleben richtig ein wenig teilgenommen habe. Mancher Seufzer klingt freilich auch durch, der sich auf die vielen „Unterlassungssünden unserer Gesellschaft" bei der Freizeitgestaltung Jugendlicher bezieht, manche Sorge auch um einseitige Trends in der Schule. Deine Angst um die Keckheit der Vierzehnjährigen in Sachen Liebe, das Problem um den Jüngsten, der anscheinend mehr praktisch begabt ist und Deiner Meinung nach wohl doch bis zum Abitur gepreßt werden müsse, weil er bei dem Gleichheitswahn, der sich eingeschlichen hätte, sonst wohl kaum zu einer angemessenen Ausbildung kommen könne. Du bittest mich, mich doch einmal auf höherer Ebene für diese Probleme einzusetzen, und schließt resigniert: „Wir kleinen Nur-Hausfrauen haben ja ohnehin keine Möglichkeit, einen größeren Aktionsradius zu gewinnen." Dies hat mich alarmiert. Wirklich, Jutta, ist das so? Dein Jüngster ist zwölf, Deine Älteste zwanzig Jahre alt; die nächsten Jahre werden die sein, die ganz rasch die Gedecke auf Euerm großen runden Tisch weniger werden lassen. Bald, sehr bald schon wirst Du wieder viel mehr Zeit bekommen, bist nicht alt, hast immer wach im Leben gestanden. Ich bin nicht davon überzeugt, daß Du in unserer so pluralistischen Gesellschaft kein Forum finden könntest, in dem Deine nachdenklichen Fragen und Änderungsvorschläge gehört und wirksam werden könnten. Ich habe die Erfahrung gemacht: Es gibt in unserem Land viele geistig lebendige und wache Frauen, die manchen Trends, Maßnahmen, Moden kritisch, ja oft mit Recht besorgt und sie verurteilend gegenüberstehen, die dann aber, wie Du, eine resignierte Haltung einnehmen. „Was kann *ich* als Privatperson schon dagegen tun? Wie sollte *ich* mich zu Wort melden? Von *mir* kann da ja unmöglich eine Änderung erwirkt werden. Unsere Probleme lassen sich doch allenfalls durch Maßnahmen ‚von oben' lösen. Wir kleinen Marschierer können da ohnehin nichts machen."

Solche Meinungen sind zwar ganz gewiß zunächst einmal real und berechtigt, und dennoch verraten sie, daß die Verantwortung des mündigen Bürgers einer liberalen Demokratie doch noch nicht voll aufgenommen worden ist. Gewiß hat nicht jede Frau in jeder Situation die Möglichkeit, in die Öffentlichkeit hineinzuwirken (ja sie sollte es sogar genau aus den Gründen der Verantwortlichkeit für die überpersönlichen Belange vermeiden, solange ihre Kinder klein und ihrer ständigen Anwesenheit bedürftig sind), aber die Situationen unseres Lebens bleiben ja nie über Jahrzehnte die gleichen; selbst eine moderne Familienmutter bekommt, wie Du, doch jenseits der Betreuungszeit ihrer Kinder die Hände bald wieder mehr frei für zusätzliche Möglichkeiten der Betätigung. Es ist sicher für die Lebenserfüllung einer „emanzipierten" Frau wichtig, diese Freiräume nicht einfach mit Zerstreuungen auszufüllen oder lediglich an eine egohafte Ausweitung ihres Lebens heranzugehen – eine verantwortungsbewußte Frau sollte von ihrer speziellen Lebenserfahrung, von ihrer speziellen Sachkenntnis her versuchen, dort konstruktiv an der Zukunft mitzuwirken, wo es dringlich und nötig ist. Frauen haben oft viel mehr praktischen Sinn, sie haben oft mehr Verständnis als theoretisierende Männer für das, was praktikabel ist; sie haben auch oft mehr Sinn dafür, was für den Menschen nötig ist, um in der Welt der Technik seine Seele nicht verkümmern zu lassen. Auf die engagierte Mitarbeit lebenskluger und lebensnaher Frauen – und das sind keineswegs nur die Akademikerinnen – kann das öffentliche Leben gar nicht verzichten, wenn wir Fortschritt haben wollen.

Du sagst anklagend: „Ich als Nur-Hausfrau kann gar nicht einwirken." Ich glaube das nicht. Schließlich hast Du immer sehr wach im Leben gestanden, und es hat Dich auch weiter „fortgebildet". Du treibst, so scheint mir, eine mutlose Unterschätzung mit Deiner Person. Bedenke bitte: Ich war einst in einer höchst ähnlichen Situation, hatte auch nur meinen sehr kleinen Radius als Familienmutter und Kinderpsychotherapeutin mit der Praxis im eigenen Haus. Vielleicht kann es Dir Mut machen, wenn ich Dir ein wenig davon erzähle, wie bei mir alles begann.

Am Anfang habe ich auch nichts anderes getan als das Zeitgeschehen beobachtet und meine Lebenswirklichkeit zu den öffentlichen Trends in Beziehung gestellt. Ich habe regelmäßig eine überregionale Tageszeitung und eine Wochenzeitung gelesen, manchmal auch Rundfunkvorträge und Fernsehdiskussionen eingeschaltet. Dabei habe ich, ebenso wie Du, oft mit Unbehagen konstatiert, daß sich besonders auf dem mir vertrauten Sektor Bildungs- und Familienpolitik Trends anbahnten, die ich für gefährlich, manchmal für einseitig, wirklichkeitsfremd, oft auch, wenn langfristig praktiziert, für schädlich hielt. Dazu habe ich bald nicht mehr geschwiegen, wenn ich von meiner Erfahrung her dazu etwas zu sagen hatte – nicht um zu kritisieren, sondern eben um mitzumachen, um mich als mitverantwortlich einzubringen. Dabei habe ich nun bald die Erfahrung gemacht: Ich bekam nachdenkliche Antworten von Moderatoren und Redakteuren. Die Zeitungen druckten meine Voten, und bald kam auch dieser oder jener auf die Idee, mich um ausführliche Darstellungen zu bitten.

Diese Aufgeschlossenheit machte mir Mut. Ich wagte nun auch im Elternbeirat öfter den Mund aufzumachen, ich wurde zur Elternratsvorsitzenden gewählt und nahm in dieser Funktion aktiv und so konstruktiv nachdenklich wie möglich Stellung zu Maßnahmen im Schulbetrieb meiner eigenen Kinder. Und von dieser Arbeit ausgehend, wurde ich bald von anderen Gremien gebeten, ihnen mit Erfahrungsrat oder mit einem informierenden Vortrag zur Seite zu stehen. Lehrerverbände baten mich um meine Mithilfe auf dem Gebiet der praktischen Psychologie, der Kinderschutzbund, Frauenverbände, die regionalen Volkshochschulen schlossen sich an.

Vielleicht wirst Du jetzt sagen: „Ja, Du hast gut reden, Du hattest eben Deine speziellen Kenntnisse, derer die Menschen bedürftig waren.“ Das ist gewiß richtig und hat den Einstieg erleichtert. Aber entscheidend war das sicher dennoch nicht. Entscheidend war, daß ich sah, daß wir uns ohne jede Einsicht in die Gefahr auf den Weg gemacht hatten, den Karren mit den Kindern – den Wagen mit der künftigen Generation also – arglos an den Abgrund zu schieben. Ich *konnte* gar nicht zu Hause sitzen bleiben! Das tust du nicht, wenn du siehst, wie vor deinem Fenster einer sein Fahrzeug, hochbeladen mit Menschen, schnurstracks auf den Sumpf hinsteuert. Das kannst du nicht - selbst wenn du dir sagst, daß sich da schon eine Eigengesetzlichkeit entfaltet hat, die du allein gewiß nicht aufhalten kannst. Du mußt eben hinzuspringen – und wenn auch nur, um laut um Hilfe zu schreien, um die Menschen aufmerksam zu machen. Denn die Trends zur Familiendezimierung, die Formen unnatürlichen Lebens für die Kinder konnten nur verheerende Auswirkungen haben. Ich will damit sagen: Mein Schock über das Ausmaß der Gefahr war es, der mir vor etwa zwölf Jahren jenen entscheidenden Antriebsschub versetzte. Der Angstschock trieb mich an und gab mir einen Kraftüberschuß, der aus der Identifikation mit einer von den Menschen unerkannten Gefahr gewachsen war. Ich hatte anfangs keine andere Einstellung als Du, ich sagte mir: Viel kannst du nicht tun, ausrichten wirst du kaum etwas, aber die Hände in den Schoß legen, das geht nicht. Diese Entwicklung darfst du, so sehenden Auges, nicht verantworten. In dieser Zeit der vielen Arbeit ganz im Kleinen habe ich mir den Wahlspruch des Properz „In großen Dingen genügt es, sie gewollt zu haben" und die Aussage Christi „Was du dem ärmsten meiner Brüder getan, das hast du mir getan" zu eigen gemacht. In den Jahren, in denen ich prophylaktische Psychologiearbeitsgemeinschaften in den Abgangsklassen der Schulen durchführte, in denen ich Psychologieunterricht an Schwesternschulen gab, in denen ich Sozialarbeiter und Angehörige der Gesundheitsämter fortbildete, gab mir die Vorstellung, den einen oder den anderen hellhörig zu machen, die eine oder andere künftige Mutter vorzubereiten auf die Möglichkeit, schwere seelische Frühschäden bei ihren Kindern zu vermeiden, die Kraft zum Weitermachen. Ich glaube, wenn man in unserer Gesellschaft ein echt verantwortliches Glied werden will, darf man nicht irgendwelche himmelstürmende Erfolgserwartungen haben. Man muß vom Wert des Tuns an sich und im Kleinen überzeugt sein. Mir jedenfalls hat diese Einstellung geholfen, so daß ich mir sagen konnte: Du kannst als Familienmutter ohnehin nur „nebenberuflich" in die Öffentlichkeit hineinwirken, Du hast, wenn Du Deiner Familie weiter gerecht werden willst, Deine Grenzen; tue aber immerhin das, was Dir innerhalb dieser Grenzen möglich ist.

Im Rückblick bin ich der Meinung, daß diese Einstellung das Entscheidende gewesen ist. Ich glaube, daß ich nur auf dem Boden dieser Beschränkung, dieser Absage an eine sichtbare Erfolgserwartung weitergemacht habe, daß ich mich nicht vom Kopfschütteln der Umwelt und der Kollegen habe irritieren lassen und unangefochten einen Schritt vor den anderen gesetzt habe nach dem Motto: Immer geradeaus, Madame! Als ich dann auf einmal augenreibend merkte, daß ich offenbar von immer mehr Kreisen in der Öffentlichkeit verstanden und eingeladen wurde, war ich eher beklommen-erstaunt als beglückt. Freilich verstärkte es das Engagement. Diese Erfahrung wirst Du auch noch machen, liebe Jutta. Wenn man Dir erst einmal unversehens ein Forum zur Verfügung stellt, dann hast Du keine Möglichkeit mehr zu sagen: „Danke, danke, bitte ohne mich, holt Euch bitte jemand anderen!" Dann hängt man, war das Startmotiv, nämlich die überpersönliche Verantwortung, echt, an der Angel einer Aufgabe, die nicht mehr entläßt. Dabei hatte ich ja Glück: Dies alles passierte, als meine Kinder bereits in ihre Ausbildung abgeschwirrt waren. Ich bin davon überzeugt: Wenn wir Frauen unsere Fähigkeit, an öffentlichen Belangen mitzuwirken, realisieren wollen, dann brauchen wir in der Allgemeinheit und unter den Männern noch eine radikale Einstellungsänderung: die Öffentlichkeitsarbeit eines Ehepartners, gleich ob Mann oder Frau, für wertvoll zu halten und sowohl dem mitdenkenden und mittragenden wie dem handelnden Teil Achtung entgegenzubringen. Davon kann in unserer Gesellschaft ja heute noch keineswegs die Rede sein, schon ganz und gar nicht, wenn die Ehefrau in der Öffentlichkeitsarbeit steht. Meine Öffentlichkeitsarbeit erweckt im Umkreis der Kleinstadt Uelzen bestenfalls rätselnd unverständliches Stirnrunzeln. Mein Mann wird laut oder leise permanent bemitleidet, was ihn, der sehr viel Humor hat, meist tief belustigt. Er geht, um die Mitleider zu erfreuen, voll in die Rolle des Bemitleidenswerten, berichtet Schauermärchen über durchlöcherte Strümpfe, ungebügelte Hemden und Mangelzustände in der Mevesschen Küche. Und er muß in seinen Lügenmärchen dick und immer dicker auftragen, ehe die triumphierenden Zuhörenden begreifen, daß er sie auf den Arm nimmt.

Hämisches Bedauern über ein fehlendes „Privatleben", liebe Jutta, ist zur Zeit sicher überall in Deutschland der Preis, den man für sein Engagement in der Öffentlichkeit zu zahlen hat; denn viele Menschen unterstellen Frauen, die einen überpersönlichen Einsatz für andere leisten, grundsätzlich niedere Motive – etwa eine familiäre Unzufriedenheit, Geltungssucht oder Ehrgeiz. Sie mißtrauen der Arbeit einer Frau in der Öffentlichkeit, sie halten das, wenn es sich dabei um eine Familienmutter aus gutbürgerlichen Verhältnissen handelt, dumpf für „unstatthaft".

Deshalb ist man als Frau in der Öffentlichkeitsarbeit sehr rasch rufmörderischen Gerüchten und Diffamierungen ausgeliefert. Mich versucht man immer wieder mit den Ausdrücken „unseriös“ und „unwissenschaftlich“ auszuschalten, obgleich jeder auf jeder Buchrückseite über meine Ausbildung nachlesen kann und obgleich meine wesentlichen Einzelbeobachtungen durch statistische Großuntersuchungen abgesichert sind.

Aber der Preis solcher „Einsamkeiten“ ist leicht zu tragen, wenn man weiß, daß es zu einem biologischen Gesetz gehört, sich von dem zu distanzieren, der anders ist als die anderen. Dies also mußt Du wissen, bevor Du Deine Stimme in der Öffentlichkeit erhebst.

Mein Mann und ich haben das und auch das Opfer unseres Privatlebens einkalkuliert, bevor ich mehr und mehr in diese Arbeit einstieg. Auf meine Bedenken, ob wir die negativen Seiten würden tragen wollen und können, sagte mein Mann: „Was kann uns passieren? Du willst nicht Karriere machen, und wenn sie kommen und Dich mit Schmutz bewerfen, so werde ich Dich beschützen.“ Du wirst es inzwischen in Gestalt der öffentlichen Voten meines Mannes, vor allem beim Kampf linker Amtsträger der evangelischen Kirche gegen mich, immer einmal wieder gehört haben, wie wunderbar sich diese ganz unemanzipierte Arbeitsteilung bewährt hat und mir die Kraft zu vielen neuen Ansätzen gegeben hat.

Ich bin fest davon überzeugt, daß echter Fortschritt in unserem Land nicht dadurch entstehen kann, daß immer mehr Menschen die persönliche Verantwortung von einem allsorgenden Sozialstaat abgenommen wird, so sehr, daß sich jeder wie ein Säugling im Kinderwagen in seinem eigenen begrenzten Gehäuse lediglich um die eigene Achse dreht, sondern nur dadurch, daß immer mehr Menschen mit dem Ausspruch Ludwigs XIV. ernst machen: „L'état, c'est moi!“ (Der Staat – das bin ich!). Demokratie fordert ja nicht nur den, der dazu befähigt ist, zu politischer Betätigung auf, sondern zu einer bewußten, mitdenkenden und kritischen Identifikation mit denen, die für das Wohl der Menschen bei uns Sorge tragen. M. E. bedeutet es eine gefährlich undemokratische Entwicklung, wenn immer mehr Menschen in unserer Gesellschaft sich als ferngelenkte Atome in einem mechanischen Getriebe verstehen. Es ist, so scheint es mir, auch nicht berechtigt. Mit einigem Mut, mit einigem Nachdenken über die eigenen Möglichkeiten und Begabungen läßt sich herausfinden, wie und wo man seinen Beitrag in der überpersönlichen Verantwortung leisten kann. Es scheint mir eine gefährlich nivellierende Entwicklung zu sein, wenn bei überpersönlichen Problemen immer mehr nach dem Spezialisten gerufen wird. Es bedarf auch der Allround-Erfahrenen, zum Beispiel der Familienmutter in ihrem so wenig spezialisierten Bereich.

Schlimm scheint es mir auch zu sein, wenn wir meinen, Wirksamkeit bedürfe immer möglichst weitgespannter Machtpositionen. Wenn wir so denken, projizieren wir ein einseitiges Denkmodell in unsere Wirklichkeit hinein. Es ist ja nicht wahr, daß unsere freie demokratische Welt nur aus Machthabern und Ausgebeuteten besteht. Jedenfalls wird das nicht so sein, solange wir uns nicht an dieses schiefe Bild von unserer Wirklichkeit ausliefern. Welcher Geist in unserer Gesellschaft schließlich die Oberhand gewinnt, das eben hängt auch von unser aller Einstellung und Wirkbereitschaft ab. Entscheidend scheint mir dabei zu sein, daß wir uns nicht als unterdrücktes „Volk" verstehen, sondern, ganz gleich an welchem Platz wir in unserer Gesellschaft nun einmal stehen, als Mitwirkende und Mitverantwortliche an diesem Platz und mit unseren speziellen Gaben. Unsere Wertungen sind falsch, wenn wir nur nach Rang und Prestige schauen. Ich bin von dem achtunggebietenden Wert eines Menschen, der unsere Straßen säubert, ebenso überzeugt wie von der bürdeschweren Verantwortung eines Ministerpräsidenten. Und ich glaube, wenn wir uns mehr darum bemühen, unsere Gesellschaft als ein Werk zu verstehen, an dem jeder nach seinen unterschiedlichen Kräften mitzuwirken hat, wird die Ideologie des Neides und der Geist der Mutlosigkeit, die die Initiative gleichermaßen lähmen, nicht mehr in so schlimmem Maße vom einzelnen Besitz ergreifen können, wie es zur Zeit immer noch geschieht.

Wir müssen uns auch wieder abkehren von der Fehlvorstellung (die von der Psychoanalyse durch unzulässige Verallgemeinerungen sehr gefördert worden ist), daß echter Einsatz, der über den Tellerrand persönlicher Interessen hinausgeht, grundsätzlich suspekt ist, eine scheinheilige Lebenslüge und Bemäntelung selbstischer Ziele. Eine solche Einstellung, die im Einzelfall sicher einmal gegeben sein kann, bricht der Bereitschaft zu überpersönlichem Engagement die Spitze ab. Und da eine solche Bereitschaft ohne eine gewisse Kraftanstrengung und Verzichtbereitschaft auf „privaten" Lustgewinn gar nicht geleistet werden kann, hat die psychoanalytische Verallgemeinerung vom nichtswürdigen Über-Ich viele negative Auswirkungen gehabt.

Die geistige Verworrenheit in vielen Köpfen der jungen Generation hat uns besonders in der letzten Zeit gezeigt, daß unsere Lebensform sich selbst gefährdet, wenn sie eine ihrer Voraussetzungen, nämlich die Mitverantwortung des einzelnen, unterminiert und zu einer leeren Farce werden läßt. Wir müssen wieder lernen, uns alle, jeder an seinem Platz, als gemeinsame Arbeiter an dem überpersönlichen Werk Leben in der Gegenwart und in der Zukunft zu verstehen.

Ich habe erfahren: Wenn man so denkt und bei aller Bescheidenheit des Wissens um seine Grenzen danach zu handeln versucht, so wird man zwar wenig verstanden, aber darauf darf es uns nicht ankommen. Unser Tun darf nicht die Anerkennung unserer Umwelt zum Ziel haben. Dann würde sich gewiß keine „Nur-Hausfrau“ etwa für eine gesündere Ernährung, für gesünderes Wohnen, für eine Änderung barbarischer Bildungsmethoden, für Echtheit im Umgang miteinander, für wertvolle Freizeitgestaltung Jugendlicher einsetzen wollen. Ruhm und Ehre sind dabei weniger zu erlangen – mehr das Afterreden und Mißtrauen der nicht so Aktiven. Aber ich bin davon überzeugt: Nur durch immer mehr einzelne, die Verantwortung fühlen und bereit sind, sie mitzutragen, und konstruktiv mitgestalten wollen, werden wir dem ersehnten Ziel, mehr Demokratie, mehr Menschlichkeit in unserer Gesellschaft zu haben, näherrücken können. Die Gesellschaft der Zukunft braucht den mittragenden einzelnen, der sich für die Gemeinschaft einsetzt.

Bitte, Jutta, laß Dir Mut machen, das Dir Mögliche ganz ernst zu nehmen, auch wenn's Dir zunächst nicht „lohnend“ zu sein scheint. Nach dem Lohn nicht zu fragen ist die Voraussetzung zu echter Wirksamkeit; und Du wirst es erfahren: Trotz mancher Unbequemlichkeit, trotz Erfolglosigkeit im Großen wirst Du zu spüren bekommen, wie atemlos interessant, wie erfüllend und befriedigend der Alltag wird, wenn Du es wagst, unverdrossen das Dir Mögliche in Angriff zu nehmen.

Deine Christa Meves

CHRISTA MEVES, geboren 1925. Studium der Germanistik, Geographie und Philosophie an den Universitäten Breslau und Kiel. Staatsexamen in Hamburg, dort zusätzlich Studium der Psychologie, Psychagogen-Ausbildung an den Psychotherapeutischen Instituten Hannover und Göttingen. Frei praktizierend in Uelzen. Arztfrau und Mutter zweier Töchter. 1974 Wilhelm-Bölsche-Medaille. 1976 Prix Amade. Vortrags- und Lehrtätigkeit in Rundfunk und Akademien sowie in zahlreichen Arbeitskreisen. Neben Veröffentlichungen in Fachzeitschriften folgende Bücher: Erziehen lernen in tiefenpsychologischer Sicht (Bayerischer Schulbuchverlag, ^{5}1975), Erziehen und Erzählen – Von Kindern und Märchen (Kreuz-Verlag, ^{5}1976), Ermutigung zum Leben (Kreuz-Verlag, ^{5}1976), Verhaltensstörungen bei Kindern (R. Piper & Co., ^{6}1976), Mut zum Erziehen (Gütersloher Verlagshaus, ^{8}1976), Die Schulnöte unserer Kinder (Gütersloher Verlagshaus, ^{6}1976), Ich reise für die Zukunft (Verlag Herder, ^{2}1974), Ich will leben (Verlag Weißes Kreuz, ^{4}1977), Ninive darf nicht untergehen (Verlag Weißes Kreuz, ^{5}1977), Wer paßt zu mir? (Verlag Weißes Kreuz, ^{3}1976), Antrieb – Charakter – Erziehung (Fromm Verlag 1977), Wer wirft den ersten Stein? (Verlag Weißes Kreuz 1977), Chancen und Krisen der modernen Ehe (Verlag Weißes Kreuz 1977). Manipulierte Maßlosigkeit (Herder, ^{20}1978), Ehealphabet (Herder, ^{13}1978), Wunschtraum und Wirklichkeit (Herder, ^{9}1977), mit J. Illies: Lieben – was ist das? (Herder, ^{12}1978), Mit der Aggression leben (Herder, ^{4}1978), Die Bibel antwortet uns in Bildern (Herder, ^{9}1978), Freiheit will gelernt sein (Herder, ^{6}1978), Unser Leben muß anders werden (Herder, ^{4}1977), Kinderschicksal in unserer Hand (Herder, ^{6}1977), Lange Schatten – helles Licht (Herder, ^{3}1977), Antworten Sie gleich! (Herder, ^{2}1978), Typisch Mutter! (Herder, 1978).

ANNELIESE POPPINGA

Im Vorzimmer der Macht

Liebe Leserin,

wenn Sie das Thema, zu dem ich Ihnen meine Beobachtungen, Erfahrungen und Gedanken schreibe, lesen, wird vielleicht die Erwartung geweckt, ich teilte Ihnen etwas mit über die Rolle der Frau als aktiv Mitgestaltende im Regiezentrum des Staates. Diese Erwartung wäre falsch, und ich möchte Sie daher gleich zu Beginn vor diesem möglichen Irrtum bewahren. Ich werde Ihnen schreiben über meine Erfahrungen als Sekretärin von Konrad Adenauer während der letzten fünf Jahre seiner Amtszeit als Bundeskanzler, also während der Zeit von 1958 bis 1963. Ich war im Regiezentrum des Staates, jedoch in sehr bescheidener Funktion, was jedoch nicht die Möglichkeit ausschloß, in viele Zusammenhänge, Ereignisse und Probleme Einblick zu gewinnen.

Es wird von den Frauen mehr Mut zur Öffentlichkeit gefordert. Darunter verstehe ich einerseits den Mut, in der Öffentlichkeit für Belange, die man als richtig erkennt, sich einzusetzen. Doch ich verstehe diese Forderung nach mehr Mut zur Öffentlichkeit auch so, daß mehr Mut und auch mehr Wille erforderlich sind, für die Belange der Öffentlichkeit, in den vielfältigen Institutionen unseres Staatswesens zu wirken, mag es auf noch so bescheidener Ebene geschehen. Alle Bürger, und das schließt die Frauen ein, sollten erkennen, daß, was immer in unserem Staat geschieht, letztlich uns selbst betrifft. Und man sollte auch erkennen, daß man selbst auch mit Verantwortung trägt für das, was immer geschieht, und daß man sich aus dieser Verantwortung nicht fortstehlen kann. Gleichgültigkeit und Desinteresse für die Belange unseres Staates könnten eines Tages einen bitteren Preis verlangen.

Ich selbst besaß nicht diesen Mut zur Öffentlichkeit, verstanden unter beiderlei Aspekten, als ich durch Zufall und besondere Umstände mich im Juli 1958 vor die Frage gestellt sah, für Konrad Adenauer zu arbeiten. Von mir aus hätte ich mich um eine derartige Tätigkeit nie bemüht. Mein Interesse lag nicht bei Politik, sondern vielmehr auf dem Gebiet der Kunst. Jedoch schon nach kurzer Zeit packte mich das Interesse für die Belange der Öffentlichkeit, so hautnah mit ihnen in Berührung gekommen, und ließ mich nicht mehr los.

Nun mögen Sie fragen, was kann man denn schon als Sekretärin tun? Diejenigen von Ihnen, die diesen Brief lesen und vielleicht selbst die Tätigkeit einer Sekretärin ausüben, wissen, daß man, wenn man wirklich von Nutzen sein will, mitdenken muß, daß man seine Tätigkeit nicht wie eine Maschine ausüben kann. Ähnliches wird gewiß auch für andere Berufszweige gelten. Jede von Ihnen, die als Sekretärin tätig war oder ist, weiß auch, daß durch dieses Mitdenken – Papiere zu einer Besprechung des Chefs diesem rechtzeitig vorlegen, wenn man weiß, daß sie das Besprechungsthema berühren, auch wenn der Chef nicht ausdrücklich darum gebeten hat, ihn an bestimmte Vorgänge erinnern, auch wenn der Auftrag dazu nicht erteilt war, auch wenn es für ihn sogar unbequem sein kann: dies sind nur Stichworte – bei einem selbst das Gefühl erwächst, den Tag nicht unnütz verbracht zu haben. Es wächst das Engagement, es packt einen und beschäftigt die Gedanken, auch wenn man nicht mehr im Büro ist. Konrad Adenauer hat einmal gesagt, Frauen als Mitarbeiter schätze er sehr hoch, weil sie sich engagieren, weil sie dazu neigen, ihre Tätigkeit zur eigenen Sache zu machen. Auch dies trifft gewiß auf alle Berufe zu, die Frauen ausüben. Doch ganz gewiß auf die Tätigkeit der Sekretärin.

Dieses Mitdenken nun bringt einen Lernprozeß mit sich. Man lernt die Atmosphäre kennen und die Ereignisse, die das Tätigkeitsgebiet betreffen, in das man einbezogen ist, ob man es nun will oder nicht. Doch darüber hinaus, und dies erscheint mir das Wichtigste, erhält man eine Ahnung von der Denkweise seines Chefs, man lernt die Grundsätze seines Handelns kennen und verstehen. Man gewinnt Einblick in seinen Charakter und in seine Fähigkeiten, auch seine Grenzen. Man kommt in Berührung mit dem Personenkreis, mit dem er verhandelt, Kontakte pflegt, zusammenarbeitet oder auch streitet. Es wächst der Sachverstand, auch das Verständnis für die Aufgaben, die er zu lösen hat.

Diese generellen Möglichkeiten nun, die eine jede Sekretärin hat, auf die Tätigkeit im Vorzimmer des Regierungschefs übertragen: Es gehört gewiß nicht viel Phantasie dazu, sich vorzustellen, wie faszinierend die Aufgaben sind, die man in dieser Position zu erfüllen hat. Doch noch faszinierender sind die Einblicke, die man gewinnt. Man kann unmittelbar beobachten und erlebt mit, wie Geschichte entsteht, wie die Gegenwart gemeistert, wie die Zukunft beeinflußt wird.

Ich sprach von der Atmosphäre, mit der man in Berührung kommt, von den Ereignissen, deren Zeuge man wird. Ich lernte beides unter einem Doppelaspekt kennen. Ich sah sie von außen, und ich erhielt Einblick in das, was für die Öffentlichkeit weitgehend verborgen blieb.

Nach außen Glanz: Galadiners zum Beispiel für den britischen Premierminister Macmillan, für das thailändische Königspaar, für Staatspräsident Charles de Gaulle oder Präsident John F. Kennedy. Galadiners mit kostbarem Porzellan und Silber, mit kunstvollen Blumendekorationen im altehrwürdigen Palais Schaumburg. Ich gehörte mit zur Begleitung Konrad Adenauers, die wiederholt im Salonwagen zu Verhandlungen nach Paris fuhr, im Sonderflugzeug rund um die Welt flog, nach New York, nach Washington, Los Angeles, Hawaii, Japan. Ich erlebte Besuche in London, in Rom, Audienzen bei Papst Johannes XXIII. und Papst Paul VI., den glanzvollen Staatsbesuch Konrad Adenauers in Frankreich im Juli 1962, Ballettabend in der Pariser Oper, einen Staatsempfang im Palais de L'Elysée, Charles de Gaulle und Konrad Adenauer in der Kathedrale von Reims.

Alles das erlebte und beobachtete ich vom Rande. Aber weitaus wichtiger war das, was ich hinter den Kulissen erfuhr – Hochspannung, Dramatik, auch tägliches Einerlei. Außenpolitische Krisen, innenpolitische Krisen, Sorgen, Nöte, mühsame Arbeit, zähes Ringen, Festhalten am Grundsätzlichen, Durchstehvermögen. Freude über Erfolge, Rückschläge und bittere Enttäuschungen. Auch das gehört zur Politik. Was mich aber am stärksten beeindruckte, war das ungeheure Maß an Arbeit, das hinter den Kulissen zu bewältigen war, das insbesondere Konrad Adenauer tagtäglich bewältigte, und der hohe Ernst seiner Pflichtauffassung.

Konrad Adenauer verlangte viel von sich selbst, aber auch von seinen Mitarbeitern. Sein Beispiel riß alle mit. Ich war mehr als erstaunt über die Fülle der Arbeit, die er auf sich nahm. Wenn er morgens im Palais Schaumburg eintraf, erwartete ihn stets ein gedrängtes Tagesprogramm. Zwischen Besprechungen mit deutschen und ausländischen Politikern, mit Vertretern der Spitzenverbände der deutschen Wirtschaft, mit Journalisten – um nur einige Personenkreise anzudeuten – fiel das Studium von Berichten unserer Botschafter aus Washington, Paris, London, Moskau. Telefonate wurden geführt mit dem Außenminister, mit anderen Bundesministern. Kabinettssitzungen geleitet, Konferenzen vorbereitet und durchgeführt. Dazu die zahlreiche Korrespondenz. Briefe der Spitzenverbände der Bundesrepublik waren zu beantworten, Grundsatzberichte der Fachreferate zu verschiedenen innenpolitischen Problemen, wirtschaftlicher Art, sozialer Art, waren zu studieren und mit Weisungen zu versehen. Dazu die Lektüre der laufenden Nachrichten über die wichtigsten Ereignisse in aller Welt. Wenn Konrad Adenauer abends das Palais Schaumburg verließ, nahm er in seiner Aktentasche Papiere, für die er am Tage keine Zeit gefunden hatte, mit nach Rhöndorf. Verstaubte Aktenstücke gab es nicht bei ihm. Am nächsten Morgen brachte er die Aktenstücke aufgearbeitet mit nach Bonn.

„Führung der Staatsgeschäfte": ich begann zu erkennen, was dies bedeutete. Verantwortung der Regierungspolitik: Ich sah, wer sie trug. Und ich lernte im Vorzimmer des Regierungschefs, welch unsägliche Zahl kleiner mühseliger Schritte erforderlich sind, um Erfolge zu erzielen. Nach außen treten nur die spektakulären Ereignisse. Die harte Arbeit, das eiserne Studium von Akten, die oft sicher sehr ermüdenden Besprechungen um immer und immer wieder die gleichen Dinge, das Bemühen zu überzeugen und das Ringen um die erforderliche Mehrheit für seine Politik blieben für die Öffentlichkeit weitgehend unsichtbar.

Durch das Kennenlernen der Atmosphäre, die die Regierungszentrale umgab, durch die Ereignisse, die sie betrafen, die sie zu beeinflussen und zu lenken suchte, durch das wachsende Verstehen der anstehenden Probleme war auch wie von allein die Chance gegeben, zu begreifen, mit welchen Denkkategorien und Methoden bestimmte Probleme gelöst wurden, nach welchen Grundsätzen sich das Handeln Konrad Adenauers ausrichtete.

Es ist ein in der politischen Diskussion häufig festzustellender Irrtum, anzunehmen, die Wirklichkeit und die Politik müßten logisch aufschlüsselbar sein wie eine mathematische Formel. Widersprüche und Spannungen gehörten für Konrad Adenauer zur Wirklichkeit. Von großer Bedeutung war es nach seiner Auffassung jedoch, diese Widersprüche zu sehen, sie auch ertragen zu können und andererseits – und dies war für ihn zweifellos das Entscheidende – mit Klugheit unter Einbeziehung der Dynamik der Entwicklung durch schöpferisch zu gestaltende Maßnahmen die Widersprüche zur Synthese zu bringen. Doch hierfür waren klare Richtlinien erforderlich und ein sicherer Kompaß und vor allem erforderlich eine Persönlichkeit, die die Fähigkeit hat, gemäß den Richtlinien und gemäß dem Kompaß zu handeln.

Die Tätigkeit im Regiezentrum des Staates brachte auch mit sich die Möglichkeit, die Persönlichkeit dessen, der Regie führte, kennenzulernen und Einblick in seine Wesensmerkmale zu erhalten.

Ich kann nur weitergeben, was ich selbst erlebt habe. Deshalb ist das, was ich Ihnen hierdurch mitteile, sehr konkret an von mir gemachte Erfahrungen und Beobachtungen im Regiezentrum des Staates gebunden. Sie ermöglichten mir Einblick in das Wesen der Politik, in Notwendigkeiten des Staates, in die Grundregeln unserer Demokratie. Und hierbei möchte ich Ihnen nicht den Preis verschweigen, den diese kurz skizzierten Einsichtsmöglichkeiten abverlangten.

Die Tätigkeit im Vorzimmer Konrad Adenauers gewährte die Möglichkeit, zu beobachten, Zeuge zu werden, wie Politik gemacht wird, wie die Gegenwart gemeistert und die Zukunft gestaltet wird. Diese Möglichkeit des direkten Einblicks steht nicht vielen offen. Man wird vertraut mit Vorgängen, die höchstem Vertraulichkeitsschutz unterliegen und geheimzuhalten sind. Der Preis, den man für diese Einsichtsmöglichkeiten zu zahlen hat, ist eine gewisse Isolierung. Mir selbst erging es so, daß ich jeden, der sich mir außerhalb des Dienstes näherte und den ich nicht aus der Zeit vor Beginn meiner Tätigkeit für Konrad Adenauer kannte, grundsätzlich als möglichen Spion verdächtigte. Das, was ich durch meine Tätigkeit erfuhr, war interessant, es fesselte mich, doch darüber sprechen konnte ich außerhalb der Diensträume mit niemand. Meine Tätigkeit füllte mich aus, sie faszinierte, doch sie ließ kaum Raum für andere Bereiche des Lebens. Dies war ein Preis, der zu zahlen war. Ich war mir dessen bewußt, und ich habe ihn gerne gezahlt.

Ihre Anneliese Poppinga

ANNELIESE POPPINGA, Dr., in Lübeck geboren. 1951 bis 1954 Tätigkeit an der deutschen Botschaft in London. 1954 bis 1955 im Auswärtigen Amt, Bonn, gleichzeitig Studium der Rechtswissenschaft, Universität Bonn. 1955 bis 1958 Sekretärin von Botschafter Dr. Hans Kroll in Tokio. 1958 bis 1967 Tätigkeit für Konrad Adenauer, nach dem Tod Adenauers abschließende Arbeiten für den dritten Band seiner „Erinnerungen". Durchführung der Herausgabe des vierten Bandes „Erinnerungen 1959–1963 – Fragmente". Dezember 1967 bis November 1969: Leiterin des Archivs der Stiftung Bundeskanzler-Adenauer-Haus. 1970 „Meine Erinnerungen an Konrad Adenauer", Deutsche Verlags-Anstalt, Stuttgart.
1970–1974 Studium an der Maximilians-Universität München (Politische Wissenschaft, Völkerrecht, Neuere Geschichte): Februar 1974 Promotion. Ab 1. 3. 1974 Geschäftsführerin der Stiftung Bundeskanzler-Adenauer-Haus. 1975 „Konrad Adenauer – Geschichtsverständnis, Weltanschauung und politische Praxis", Deutsche Verlags-Anstalt, Stuttgart.

ANNEMARIE RENGER

Müssen Vorurteile ewig leben?

Liebe junge Freundin,

immer wieder werde ich gefragt, welche Beweggründe, welche Erlebnisse mich eigentlich zur Politik geführt haben. In dieser Frage schwingt eine gewisse Skepsis, wenn nicht sogar Abwehr mit, aber auch eine neugierige Erwartung. Etwa, was ist das wohl für ein Mensch, noch dazu eine Frau, die sich mit einer solchen spröden Materie beschäftigt, die sich diesem oft unerquicklichen Geraufe aussetzt. Ist es einfach Ehrgeiz, Geltungsbedürfnis, Selbstbestätigung? Was treibt die Menschen dazu, sich der Politik zu verschreiben, sich einem ständigen Konkurrenzkampf zu stellen, sich mit Leidenschaft für seine Überzeugung einzusetzen, Kontroversen auszutragen und schlechte Kritiken einzustecken?

Meine Antwort ist: Ich kann mir nichts Befriedigenderes vorstellen, als an einem zentralen Punkt des politischen Geschehens mitwirken zu können an der ständigen Aufgabe, den Menschen das Leben lebenswerter zu machen, Ungerechtigkeiten und Diskriminierungen zu beseitigen, denjenigen zu helfen, die sich nicht selber helfen können, den Menschen Hoffnung zu geben. Ich glaube, daß es meine Verpflichtung ist, meine politischen und menschlichen Erfahrungen weiterzugeben, und ich hoffe, daß es mir gelingt, undurchsichtig erscheinende politische und gesellschaftliche Prozesse verdeutlichen zu können, abstrakte Gesetzesarbeit des Parlaments für den einzelnen nachvollziehbar zu machen. Mehr noch, die Zusammenhänge zwischen den Lebensverhältnissen des einzelnen Bürgers und seiner Umwelt erkennbar zu machen.

In unserem Land begegnen die Menschen der Politik noch immer mit großer Distanz. Die Parteien werden mehr oder weniger als notwendiges Übel betrachtet. Sich in ihnen zu organisieren erfordert für viele den Sprung über den eigenen Schatten. Die Vorurteile, daß Politik den Charakter verdirbt und daß im Bundestag viel zu viel „gequasselt“ wird, haben ihre Wurzeln unbewußt in der antiparlamentarischen Tradition unserer Vergangenheit, obwohl wir demgegenüber positiv feststellen können, daß die Demokratie in der Bundesrepublik Deutschland fest verwurzelt ist und von mehr als 90 Prozent ihrer Bürger als einzige Staats- und Gesellschaftsform angesehen wird.

Die Frage wird aber immer häufiger gestellt, ob diese Demokratie auch in Zukunft gesichert ist, ob sie aufkommenden Stürmen trotzen kann, ob sie auch mit schwierigen Problemen fertig werden wird. Ist es vorstellbar, daß Demagogen von extrem rechts oder extrem links die Menschen verführen könnten, indem sie ihnen als Fata Morgana eine Zukunftsverheißung vorgaukeln, sich auf die Unwissenheit und Vergeßlichkeit der Menschen verlassend?

Es bedrückt mich, daß gerade die Frauen, die mehr als 53 Prozent unserer Bevölkerung ausmachen, noch immer ein so reserviertes Verhältnis zur Politik haben. Die Tendenz verstärkt sich wieder, das Feld der Politik vorwiegend den Männern zu überlassen; Hand in Hand geht damit die Auffassung, den Beruf weitgehend als Durchgangssituation zu betrachten und die Ehe als erstrebenswertes Endziel. Emanzipation und Gleichberechtigung stoßen nicht gerade auf Ablehnung, aber eigene Initiative und Aktivität bleiben auf eine Minderheit beschränkt. Die außerordentliche Fülle von täglichen Nachrichten und Informationen über Politik und Weltgeschehen verunsichern viele Menschen; man ist bemüht, das ganze beunruhigende Geschehen möglichst aus seinen vier Wänden herauszuhalten.

Erst wenn der eigene Arbeitsplatz bedroht ist, wenn in einem akuten Notfall das benötigte Krankenbett nicht zur Verfügung steht, wenn das Schicksal des lernbehinderten Kindes nicht allein bewältigt werden kann oder wenn für den alten Menschen ein Pflegeplatz gebraucht wird oder wenn eine zerbrochene Ehe zu einem neuen beruflichen Anfang zwingt, dann besinnt man sich auf die Gemeinschaft, auf die staatliche Hilfe, dann spürt man plötzlich, wie sehr politische Entscheidungen und Gesetze den eigenen Lebensbereich betreffen.

Das Denken in politischen Kategorien war für mich seit meiner Kindheit selbstverständlich. Mein Vater war lange Jahre ehrenamtlicher Stadtrat der SPD in Leipzig, Geschäftsführer der Arbeitersport-Bewegung und Redakteur der „Sportpolitischen Rundschau“ in Berlin.

Meine Mutter war seit 1908 Mitglied der SPD. Mit zehn Jahren, bei der Aufnahmeprüfung für das Lyzeum, wurde ich gefragt, was ich denn einmal werden wollte. Das war im Jahr 1930, und ich wollte damals schon Parteisekretärin werden. Die Lehrer brachen in Lachen aus. Sie konnten sich wahrscheinlich darunter kaum einen erstrebenswerten Beruf vorstellen, sofern sie sich überhaupt etwas darunter vorstellen konnten. Ich aber war fest entschlossen, und ich hatte zwei Vorbilder: meinen Vater und eben eine „Parteisekretärin", die nach 1945 die Frauenbewegung wieder mitaufbaute und später Mitglied des ersten Deutschen Bundestages wurde, Lisa Albrecht. Selbstverständlich war ich selbst längst in der Jugendbewegung und im Sportverein. Beides, die Erziehung im Elternhaus und das Gemeinschaftserlebnis, hat mich zur Politik geführt. Manchmal können es scheinbare Nebensächlichkeiten sein, die unbemerkt wichtige Entscheidungen beeinflussen. Ich bin überzeugt, daß mein emotionales Interesse an der Politik durch zwei Bücher entscheidend geweckt wurde: Zolas Dreyfus-Affäre und das Buch über die Geschichte der Neger-Sklaven, Onkel Toms Hütte. Ungerechtigkeit und die Demütigung des Schwachen veranlassen mich heute wie damals zu heftigstem Widerstand.

Die Erinnerung an den Niedergang der Weimarer Republik hat sich mir tief eingebrannt. Im November 1932 nahm mich mein Vater mit in den Reichstag zur letzten Verfassungsfeier. Ich sehe noch den greisen Reichspräsidenten von Hindenburg vor mir, für den ich zu seiner Wiederwahl schon Flugzettel verteilt hatte. Er wurde zu einer großen politischen Enttäuschung, als er im Januar 1933 auf Anraten Papens die Regierungsbildung Hitler übertrug und damit den Nationalsozialismus legal in den Sattel hob.

Damit begann das sogenannte tausendjährige Reich, das mit der totalen Niederlage, einer entsetzlichen Verarmung und der Entwertung aller Werte endete. Mehr als zehn Millionen Menschen waren mehr oder weniger zu organisierten Mitläufern gemacht worden, gewissermaßen zu Komplizen des Unrechtssystems. Unendlich viele sagten nach 1945: Politik, ohne mich! Das galt noch mehr für die Frauen, die von den Nationalsozialisten wieder in erster Linie den Platz in der Familie zugewiesen bekommen hatten. Dagegen haben sie sich kaum gewehrt. Zur Krönung des Frauenlebens gehörte eine möglichst große Kinderzahl; dafür gab es das „Mutterkreuz". Die Selbstverwirklichung der Frau fand allein im Muttersein ihren Ausdruck. Politik war endlich wieder ausschließlich Männersache, Politik war das Gegenteil von Weiblichkeit, Karriere war etwas für „Blaustrümpfe“, eben solche, die von der Natur vernachlässigt worden waren. Wohin dies alles geführt hat, wissen wir: Millionen Tote; Millionen Flüchtlinge und Vertriebene; die Teilung Deutschlands und Europas.

Nein, das durfte sich nicht wiederholen! Die Erziehung in meinem Elternhaus war militant politisch, demokratisch und international. Ihm habe ich es wohl in erster Linie zu verdanken, daß es einen Kompromiß mit dem Nationalsozialismus nicht geben konnte. So war es nur selbstverständlich, sich nach einer politischen Betätigung im neuen demokratischen Staat umzuschauen.

Der Zufall brachte mir gleich nach der Kapitulation eine Zeitung ins Haus, nein in die Baracke, die vorher von polnischen Fremdarbeitern bewohnt worden war. In dieser Zeitung wurde von der Rede „eines“ Kurt Schumacher berichtet. In diesem desolaten Zustand waren das kaum zu glaubende Töne. Schumacher sprach sich gegen die Kollektivschuld des deutschen Volkes aus, verlangte für die deutsche Jugend eine Zukunft und forderte eindringlich, daß die Demokratie nicht allein mit Hunger und Not identisch sein dürfte, sondern auch für das geschlagene deutsche Volk Hoffnung sein müßte.

Ich war fasziniert, schrieb diesem Mann und bewarb mich um eine Stelle bei ihm als Sekretärin. Ich hatte dann das große Glück, sieben Jahre an der Seite von Kurt Schumacher, dem ersten Vorsitzenden der SPD nach dem Kriege, den Neubeginn deutscher Politik erleben zu können. Die zehn Jahre, die Kurt Schumacher im Konzentrationslager verbringen mußte, hatten zwar dem armamputierten Mann die Gesundheit genommen, aber nicht den Elan und die Kraft, die Nachkriegspolitik entscheidend mitzugestalten.

In einem Hinterzimmer in Hannover wurden Landesregierungen mit aus der Taufe gehoben, Zeitungen gegründet, die SPD-Parteiorganisation wiederaufgebaut. Mit dem Mut der Verzweiflung gingen die Menschen daran, geistige und materielle Trümmer abzutragen und etwas Neues aufzubauen. Selbstverständlich ging es in der ersten Zeit nach dem Krieg vor allem darum, die Menschen satt zu machen, jedem ein Dach über dem Kopf zu schaffen, Eisenbahnen, Straßenbahnen, Schiffe wieder in Gang zu setzen. Kurzum – das in Besatzungszonen aufgeteilte Deutschland mußte unter eigener Verwaltung zu einem funktionierenden Gemeinwesen gemacht werden. Es war nur natürlich, daß die täglichen Notwendigkeiten, die zum Leben und Überleben erforderlich waren, Vorrang vor theoretischen Erörterungen der Politik hatten. Und doch wäre es ein großer Fehler, etwa zu glauben, das Nachdenken über politische Probleme hätte keine Rolle gespielt. Die Ideen haben ihren Niederschlag gefunden in zahlreichen Schriften, Reden und Artikeln von Kurt Schumacher.

Aber richtig ist, daß die konkreten Probleme so auf der Haut brannten, daß diese weit im Vordergrund standen. Mit der Wahl zum ersten Deutschen Bundestag am 14. August 1949 und der dann folgenden Konstituierung der verfassungsmäßigen Institutionen der Bundesrepublik Deutschland hatte der freie Teil Deutschlands wieder ein zentrales Parlament. Es war noch nicht voll handlungsfähig, es hatte noch keine Kompetenzen in der Außen- und Verteidigungspolitik. Dagegen bestand eine Reihe von Auflagen durch die Besatzungsmächte, die ja nach wie vor die uneingeschränkte Gewalt über Deutschland in Ost und West besaßen. Das Parlament war unmittelbar konfrontiert mit der Eingliederung von Millionen von Flüchtlingen, für die neue Existenzen geschaffen werden mußten, die Wohnraum und soziale Hilfen brauchten. Schulen, Universitäten, Krankenhäuser mußten wieder instand gesetzt werden; mehr als einmal demontierte Betriebe wurden von den Arbeitern selbst wiederaufgebaut. Und schon war die Diskussion über die Wiederbewaffnung der Bundesrepublik im Gange, es ging um die Internationalisierung der Ruhrbehörde, die Lostrennung des Saargebietes, die Nichtanerkennung der Oder-Neiße-Linie, die Montanunion und den Beitritt zum Europarat.

Konrad Adenauer gewann die Wahlen zum ersten Deutschen Bundestag; mit einer Stimme Mehrheit wurde er zum Bundeskanzler gewählt. Die Sozialdemokraten wurden Oppositionspartei im Bundestag unter Kurt Schumacher. Seiner Führung ist es zu verdanken, daß die Funktion der Opposition im parlamentarischen System der Bundesrepublik Deutschland definiert wurde. Er hat der Opposition im Bundestag im Verhältnis zur Regierung eine gleichwertige Rolle verschafft. Vier Jahre nach Kriegsende hatten wir eine funktionierende parlamentarische Demokratie, die von der übergroßen Mehrheit der Deutschen in allen Wahlen bis heute immer wieder bestätigt worden ist. Rückblickend erscheint es mir geradezu phantastisch, in welcher Kürze und mit welchem Erfolg wir die großen Probleme bewältigt haben. Das „Wirtschaftswunder" wurde das deutsche Markenzeichen. Manchmal denke ich, es ist alles zu schnell und zu gut gegangen. Die Jungen wollen von der Vergangenheit nichts wissen, und die Alten haben vieles vergessen. Wir gehen etwas leichtfertig mit der Chance um, die uns die parlamentarische Demokratie noch einmal gegeben hat.

Es läuft alles perfekt in eingefahrenen Gleisen. Der Bundestag kann stolze Zahlen über die von der 1. bis 7. Legislaturperiode (1949–1976) verabschiedeten Gesetze (3207), Große Anfragen (440) und Kleine Anfragen (2971) aufweisen. Seine Funktionsfähigkeit kann nicht bestritten werden. Aber anscheinend treten die Zweifel gerade deshalb auf, weil alles reibungslos funktioniert. Weil uns das „Normale" langweilt, warten wir ständig auf etwas Sensationelles. Inzwischen lassen wir am Fernsehschirm den Krieg in irgendeinem fremden Land vorbeiziehen oder den Terrorismus im eigenen. Wir sind inaktiv, obwohl uns die Angst im Nacken sitzt. Vor uns liegen die Aufgaben, wie wir das Energieproblem lösen können, wie die Arbeitslosigkeit beseitigen, wie den Nord-Süd-Konflikt angehen, wie die Abrüstung zum Erfolg führen, damit nicht eines Tages durch aufgeschobene Probleme unabsehbare Gefahren heraufbeschwört werden. Wir warten immer auf die anderen, daß sie etwas tun. Die „da oben" oder der Nachbar.

Sie werden sagen, aber beweisen nicht gerade die Bürgerinitiativen das Gegenteil? Sind sie nicht der Ausdruck des Bürgerunwillens über die Parteien, über ihre Streitereien in den Parlamenten, über ihre Stillosigkeit und ihre Bürgerferne? Sind die Parlamentarier überhaupt noch den Aufgaben gewachsen, haben wir nicht eine allzu mächtige Bürokratie, eine Herrschaft der Verbände, der Gewerkschaften, kurzum der Interessenvertreter über den Staat? Kann das Parlament überhaupt eine Regierung kontrollieren, die über einen riesigen technischen und fachlichen Apparat verfügt? Und schließlich, haben wir nicht eine solche Verfilzung, Vetternwirtschaft, Korruption, gegen die der einzelne gar nichts tun kann?

Nein, ich widerspreche auf das heftigste! Und ich halte es mit Winston Churchill: Die Demokratie ist die schlechteste Staatsform, aber ich kenne keine bessere! Gewiß, der Ton im Deutschen

Bundestag läßt zuweilen zu wünschen übrig. Aber, Hand aufs Herz, haben Sie das auch so empfunden, wenn „Ihr“ Abgeordneter die Hiebe ausgeteilt hat? Und gewiß, es gab und es gibt zu allen Zeiten Abgeordnete, die Schwächen zeigen, und Herrschende, die ihre Macht über die Menschen ausnutzen. Aber, wir haben kein schwächliches oder unfähiges Parlament und keine willkürliche Regierung. Man kann sich die Krise des Parlaments und der Demokratie auch selbst aufschwatzen!

Bürgerferne? In Tausenden von Versammlungen, Bürgergesprächen, Sprechstunden, Briefen, oftmals im Achtzehn-Stunden-Tag suchen die Abgeordneten das Gespräch mit Ihnen. Die Versammlungen, auf denen man miteinander wirklich sprechen kann, werden im allgemeinen nur von wenigen besucht. Die ehrenamtlich tätigen kommunalen Vertreter sehen höchst selten in den Gemeinderatssitzungen diejenigen interessierten Bürger, die sich an anderer Stelle lautstark über Mängel und Versäumnisse beklagen. Und ohne – auch harte – Auseinandersetzung ist die Demokratie tot. Aber da, wo die Verbreitung von Platitüden, wo die Verhöhnung und Verhetzung des politisch Andersdenkenden betrieben wird, da sind Sie gefordert. Ich bin, ehrlich gesagt, enttäuscht über die Bürger, die zum größten Teil nur Zuschauer sind und keine Akteure. Und ich bin manchmal sprachlos darüber, wie sehr die Parteien es versäumen, sich der den Bürger bedrückenden Sorgen und Nöte mutig und entschlossen anzunehmen.

Als Frau im Bonner Parlament wurmt es einen doch sehr, daß dem kleinen Häuflein von Parlamentarierinnen eine gewaltige Übermacht männlicher Kollegen gegenübersteht. Zuwenig politisches Interesse bei den Frauen, zu viele Vorurteile in der Öffentlichkeit und zu viele Hindernisse in den Parteien sind der Grund dafür, daß die Frauen im Deutschen Bundestag noch immer ganz erheblich unterrepräsentiert sind. Auch in den Führungsgremien der SPD und der anderen Parteien treten sie kaum in Erscheinung. Aus dieser Minderheitenposition ergibt sich von selbst, daß im Vordergrund meiner parlamentarischen Arbeit stets der Kampf um die politische Anerkennung der Frauen und um die Durchsetzung ihrer Interessen stand. Die Teilzeitarbeit für Beamtinnen, die Fristenregelung in der Frage der Schwangerschaftsunterbrechung galt es durchzusetzen. Daneben stehen nach wie vor ungelöste Fragen. Beispielsweise der Mißstand, daß Frauen für gleichwertige Arbeit nicht den gleichen Lohn erhalten. Oder die Forderung, daß die Frauen wenigstens ihrem Anteil an der Mitgliederzahl der Parteien entsprechend bei der Kandidatenaufstellung berücksichtigt werden. Meine Wahl zur Bundestagspräsidentin in der 7. Legislaturperiode hat, so glaube ich, der Öffentlichkeit sichtbar gemacht, daß die Frauen im Parlament gewillt sind, die ihnen zukommende politische Verantwortung wahrzunehmen.

Gerade zu den Frauen, zu Ihnen, junge Freundin, möchte ich ein offenes Wort sprechen. Es kann Ihnen doch nicht gleichgültig sein, welche Chancen sich Ihnen in Ihrem Leben eröffnen, in der Ausbildung, im Beruf, im gesellschaftlichen Leben! Weshalb sind Sie bereit, hinzunehmen, daß die Löhne und Gehälter der Frauen durchschnittlich um ein Drittel niedriger sind als die der Männer? Lohnt es sich nicht, für Partnerschaft zu kämpfen, auch in der Familie? Und müssen wir noch immer Gesetze hinnehmen, die den Frauen gleiche Lebenschancen vorenthalten? Haben wir Frauen nicht genauso wie die Männer die Aufgabe, durch unsere aktive politische Mitwirkung den Frieden zu bewahren? Die Chance der zweiten Demokratie in Deutschland, nach den Jahren der nationalsozialistischen Diktatur wieder hingehen zu können, wohin ich will, das zu tun, was ich für richtig halte, mein Leben so zu gestalten, wie es mir entspricht, und mich in der Verantwortung für meinen Mitmenschen zu engagieren, dies alles galt es zu nutzen, als wir 1945 neu anfingen. Deshalb bin ich Politikerin.

Ihre Annemarie Renger

ANNEMARIE RENGER, geb. am 7. Oktober 1919 in Leipzig. Lyzeum. Verlagslehre. Verlagskaufmann. 1945–1952 Privatsekretärin von Dr. Kurt Schumacher. Mai bis Dezember 1946 Leitung des Büros des Parteivorstandes der SPD in Berlin. Seit 1945 Mitglied der SPD. Bis April 1973 Mitglied des Parteivorstandes und des Präsidiums der SPD; bis November 1976 Vizepräsidentin des Internationalen Rates Sozialdemokratischer Frauen in der Sozialistischen Internationale.
Mitglied des Bundestages seit 1953. Von April 1959 bis Januar 1966 Mitglied der Beratenden Versammlung des Europarates und der Versammlung der Westeuropäischen Union. Mitglied des Fraktionsvorstandes. 13. Dezember 1972 bis 13. Dezember 1976 Präsidentin des Deutschen Bundestages, seit 14. Dezember 1976 Vizepräsidentin.

HANNA WALZ

Europa braucht die Mitwirkung der Frauen

Liebe Ruth,

als die von mir hochgeschätzte Herausgeberin des vorliegenden Buches um einen Beitrag bat, schrieb sie mir, ich hätte doch eigentlich im politischen Bereich eine „Bilderbuchkarriere" gemacht, die ich andern zur Nachahmung empfehlen könnte. Aber leider hat sie sich getäuscht: es war vielleicht ein Bilderbuch, aber sonst die schlichte Ochsentour der meisten Kollegen: von der Kommunalpolitik über den Landtag und Bundestag zum Europäischen Parlament, vom Konkreten, Überschaubaren mit manchmal unmittelbarem Erfolgserlebnis zur immer abstrakteren Beteiligung oder manchmal Scheinbeteiligung an der Gesetzgebung. Nur zweimal es es mir gelungen, selbst ein Gesetz mit Hilfe erstklassiger Fachleute auszuarbeiten: ein Hochschulgesetz und ein Fernschulgesetz. Aber da ich mich in beiden Fällen im Lager der Opposition befand, konnte ich nur einzelne Teile davon verwirklichen.

Denn dies ist ja nun einmal das Schicksal aller Politiker auf jeder Ebene: wer nicht zur „herrschenden Klasse", zur regierenden Partei gehört, kann außerordentlich wenig bewirken. Es ist ein schwacher und gefährlicher Trost, daß auch die andern in ihrem Gestaltungswillen durch die Bürokratie stark eingeengt und dadurch gelegentlich frustriert sind.

Warum beschäftigt man sich mit Politik? Weil man mit Leidenschaft davon überzeugt ist, daß die Verhältnisse, so wie sie sind, verändert, gerechter und sozialer werden müssen. Weil man daran mitwirken will. Weil man glaubt, eine Verantwortung dafür zu haben. Vielleicht auch, weil man einen Instinkt für die Politik hat, was jedoch eine Einbildung sein mag.

Ich selbst stamme aus einer politisch sehr motivierten Familie, wie man heute sagt, und bin als Kind und junger Mensch durch den Nationalsozialismus zum politischen Engagement gedrängt worden. Wenn ich in Berlin täglich zur Schule, dem „Grauen Kloster" am Alexanderplatz, fuhr, mußte ich immer am Reichstag vorbei, auch am Tage des Reichstagsbrandes, und habe mir damals geschworen: wenn die braune Pest vorbei ist, willst du von diesem Haus aus eine andere, eine bessere Politik machen. Als es nach langen, langen Jahren soweit war und ich das erste Mal als Abgeordnete den Reichstag betrat, schaute ich auf die Mauer – die Erfüllung mancher Träume hat einen sehr bitteren Beigeschmack.

Wenn Sie nun selbst den Wunsch haben, politisch tätig zu sein: wie macht man das, welche Eigenschaften muß man dazu haben, beziehungsweise erwerben, mit welchen Gefährdungen und Frustrationen muß man dabei rechnen, welche Widerstände muß man dabei in sich und andern überwinden?

Zunächst einmal muß man sich des Einverständnisses seiner Familie versichern oder als alleinstehende Berufstätige darüber klarwerden, in wieweit die sehr zeitraubende Arbeit kräftemäßig mit dem Beruf zu vereinen ist. Ich selbst war so vorsichtig, schon bei der Verlobung einen „Vertrag" abzuschließen, daß ich immer, wenn ich wollte und könnte (die lieben Kinder), berufstätig sein würde. Von Vertrag sprachen wir, weil wir beide Juristen waren und damals spaßeshalber die verschiedensten Verträge entwarfen. Aber im Ernst: die Familie muß bereit sein, die Opfer mitzutragen, die ein Einlassen auf die Politik mit sich bringt, das nur zu oft eine leidenschaftliche Einlassung wird. Wenn Sie nachts erschöpft nach Hause kommen – und im Bundestag oder Europäischen Parlament kommen Sie viele, viele Nächte überhaupt nicht nach Hause und haben eine Zweitwohnung –, sollte man Sie nicht mit Vorwürfen empfangen. Sie explodieren dann, was dem Frieden auch nicht dienlich ist. Sie sollten auf milde Nachsicht hoffen dürfen, um dann um so bereitwilliger das Versäumte nachzuholen, soweit es in Ihren Kräften steht.

Aber Sie sollten auch immer wissen: das politische Geschäft darf mich nicht auffressen, sonst werde ich zum Nächstenschreck und leer. Meine Devise war: „Sonntags nie", und ich habe das – außer in Wahlkämpfen – auch konsequent durchgehalten. Einmal muß man Frieden tanken, einmal muß man auch etwas lesen dürfen, was nicht zum Beruf gehört. Wenn Sie andern etwas geben wollen, müssen Sie versuchen, etwas zu sein. Die große Gefahr für den Politiker jeder Ebene besteht darin, sich im Betrieb zu erschöpfen, ja ihn beinahe als Droge zu gebrauchen und vor allen Dingen, von nichts anderem mehr reden zu können. Wer Ihre Leidenschaft nicht teilt, muß Sie dann als außerordentlich langweilig empfinden, mit Recht.

Sie müssen sich Gegengewichte, andere Interessen schaffen oder beibehalten. Über eins sollten Sie sich klarsein: Sie werden einen Teil Ihrer Freunde, Ihrer weiteren Familie verlieren, weil Sie einfach zu wenig Zeit haben, in Ihren Verabredungen nicht verläßlich sein können, weil so häufig etwas dazwischenkommt. Um so nachhaltiger muß man sich mühen, den engsten Kreis zu bewahren, sonst ist man am Ende der Politik, die Sie ja immer nur auf Zeit betreiben können, auch selbst am Ende.

Wie kommt man in die Politik? Gewöhnlich durch den Beitritt zu einer Partei, mit der man sich nicht identifizieren, die man aber doch in ihren Grundlagen voll bejahen sollte. Carlo Schmid hat einmal gesagt, daß 51% Zustimmung zu den Zielen einer Partei ausreichend wären, aber das setzt wohl doch für die meisten eine zu große Distanziertheit voraus. Besuchen Sie die Versammlungen dieser Partei, und wenn Sie gründlich zugehört haben, ergreifen Sie selbst mit eigenen Vorschlägen oder mit Kritik das Wort, wobei man am besten beides verbindet.

Nur zum Anfang gehört Mut. Dann merkt man bald, daß viele andere auch nicht besser reden können, von den Rednertalenten abgesehen, von denen manche eine beneidenswerte Naturbegabung haben, die man selbst nie erreichen wird. Spezialisieren Sie sich auf bestimmte Sachgebiete, die Ihnen am nächsten liegen, damit Sie wissen, über was Sie reden. Haben Sie den Mut zur Lücke, Sie können nicht über alles gleich gut informiert sein.

Wenn Sie wenig oder nichts von einem Gebiet verstehen, verlassen Sie sich auf Kollegen, die Integrität und Sachverstand haben. So macht man es in jedem Parlament, von der Gemeinde bis zu Europa. Das widerspricht zwar der Theorie von den Pflichten eines Abgeordneten, läßt sich aber in der Praxis nicht anders durchführen. Sie haben immer nur Teilkenntnisse. Diese sollten allerdings gründlich sein.

Sehen Sie sich nicht von vornherein als Frau mit geringeren Chancen an. Es ist zwar richtig, daß die Parlamente in der Europäischen Gemeinschaft eine eher abnehmende Tendenz zur Zulassung von Frauen haben. Das ist um so unbegreiflicher, weil mehr Frauen als je die Befähigung zur Mitarbeit haben, da ihre Vor- und Berufsausbildung so viel besser geworden ist. In diesem Fall kann ich mich des Verdachtes nicht erwehren, daß die Männer, die in den Wahlkreiskonferenzen die große Mehrheit haben, von rühmlichen Ausnahmen abgesehen, hier einfach einen Punkt setzen wollen: „Politik ist Männersache. Auf jedem andern Gebiet sind die Frauen unsere Konkurrenten geworden. Hier können wir sie stoppen.“ Und die Parteiführer können noch so gute Absichten haben und den Frauen vor den Wahlen alles Mögliche versprechen: hier haben sie einfach den Einfluß verloren. Die Basis gibt dem Druck von oben nicht nach, und Alibi-Frauen in Kabinetten verschleiern diesen Tatbestand nur.

Wesentlich verbessert haben sich jedoch die Chancen der Frauen in den Kommunalparlamenten, ebenso als Orts- und gelegentlich sogar Kreisvorsitzende der Parteien. Wenn Sie hier Ihre Frau stehen, wenn Sie hier Politik als „das geduldige Bohren harter Bretter“ mit Augenmaß und Leidenschaft betreiben, wenn möglich mit Humor und der Fähigkeit ausgestattet, Kritik zu ertragen, dann sollte es Ihnen nicht schwerfallen, auch die nächste Sprosse zu erklimmen. Sie brauchen Freunde dazu und natürlich die notwendige Arbeit an der Basis. Und was auch immer Sie erreichen: für die meisten Kollegen sind Sie ehrgeizig und fleißig, die Klugheit wird Ihnen vorenthalten. Was tut's?

Sie stehen auch stärker in der Kritik. Sie dürfen sich nicht zu elegant, aber auch nicht zu hausbacken kleiden. Im Bundestag wurde eine Kollegin dadurch bekannt, daß sie als erste in Hosen erschien, obwohl einzelne Männer längst ohne Krawatte auftraten. Im britischen Unterhaus sollte kürzlich eine europäische Kollegin des Hauses verwiesen werden, weil sie angeblich ein Nachthemd trug, was sich dann als ein Kleid von Dior herausstellte. Der Frisör ist Pflicht – es ist immer ein erheiternder Anblick, bei dem des Bundestages die Kolleginnen beim Aktenstudium unter der Haube zu erblicken, wobei die Prozedur in 45 Minuten abgewickelt sein kann. Sie sollten „fraulich“ sein, aber dennoch – mit Fleiß – mindestens so hart arbeiten wie die Männer, ohne daß man Ihnen die Spuren der Arbeit ansehen darf. Wie begrüßte mich doch kürzlich ein Kollege? „Hängebakken haben Sie bekommen, dick sind Sie geworden, ja, ja, das Alter.“ Da muß man dann nach fast 20 Jahren Politik lachen können, und es stimmt ja auch: jünger wird man bei diesem Streß-Beruf nicht, wenn auch vielleicht beweglicher, da man immer wieder viel Neues lernen muß.

Sie werden nun fragen: Und die Frau in Europa? Ich bin ja aufgefordert, eine Ermunterung zur Politik an Sie zu schreiben, obwohl mir ein Essay über Europapolitik wesentlich leichter gefallen wäre. Ist die Frau in Europa anders, ist der Mann anders als bei uns, oder sind es nicht vielmehr die gleichen Probleme, nur etwas anders strukturiert je nach der Region, aus der man kommt?

Sind nicht überall die Frauen stärker von Arbeitslosigkeit betroffen als die Männer, und ist nicht überall das Problem, Familie und Beruf zu vereinen, gleich schwierig zu lösen? Sollte es die Aufgabe der wenigen Frauen im Parlament sein – ich bin die einzige deutsche Vertreterin, nachdem die hochgeschätzte Kollegin Orth von der SPD viel zu früh verstorben ist –, Politik für die Frau, das heißt Bildungs-, Familien- und Sozialpolitik zu machen?

Ich glaube dies nicht und bin immer dafür eingetreten, daß gerade auch Männer dieses Gebiet beackern sollten, das in seiner Lösung mit zu den schwierigsten gehört, wenn Sie nur einmal etwa an die Rentenfrage denken. Man wird nicht als Mann oder Frau von einem Wahlkreis in das Parlament gewählt, man soll dem Ganzen dienen, jeder nach Möglichkeit an der Stelle, die seiner Begabung am besten entspricht, was allerdings manchmal ein frommer Wunsch bleibt.

Warum geht man „nach Europa“, ins Europäische Parlament, wozu man von seiner eigenen Fraktion und dem gesamten Bundestag auf eine Legislaturperiode gewählt werden muß? Warum nimmt man die Last des sogenannten Doppelmandates auf sich, Abgeordneter in zwei Parlamenten zu sein, und das heißt: keine einzige sitzungsfreie Woche mehr, ewige Pflichtenüberschneidung, weniger Betreuung des Wahlkreises, wo immer einer sitzt und sägt, weniger Ferien, immer ein schlechtes Gewissen?

Weil man Europa für unsere Zukunft hält, ohne die wir als Industriestaat nicht überleben können. Weil man unsere Freiheit in Europa besser gesichert sieht, die allein gar nicht verteidigt werden könnte. Weil man in Europa unser geschichtliches und kulturelles Erbe gemeinsam am besten wahren kann, da wir alle vom Christentum, vom Griechen- und Römertum geprägt sind. Weil wir nur von Europa her unsere Zukunft planen können, die eine friedliche, freie und menschengerechte sein soll, auch gegenüber den Entwicklungsländern.

Lassen Sie mich an zwei Beispielen erklären, wieweit unsere Politik schon europäisch ausgerichtet ist oder ausgerichtet werden muß. Als Vorsitzende des Ausschusses für Energie und Forschung liegt mir das erste besonders nahe: es betrifft die Energiekrise. Sie wissen seit den Warnungen des Clubs of Rome, die in allen Massenmedien immer wieder gebracht worden sind, daß unsere fossilen Energiequellen, also Erdöl, Erdgas, Kohle, erschöpfbar sind und in einigen unserer Lieferländer sich auch in absehbarer Zeit der Erschöpfung nähern. Wir verbrauchen heute in der Welt in einem Jahr, was in Jahrhunderttausenden aufgebaut wurde. Die Lieferländer haben ein Oligopol, das heißt, sie können mit übermäßigen Preiserhöhungen unser gesamtes Wirtschaftssystem in Unordnung bringen und uns auch politisch erpressen. Nur wenn wir gemeinsam, als Europäische Gemeinschaft, eine Energiepolitik mit den Alternativen Kernenergie, Kohlevergasung und -Verflüssigung und in kleinem Umfang Sonnenenergie betreiben, können wir zu den nötigen Kompromissen kommen. Dennoch haben wir aus der Energiekrise 1973 außer Bevorratung fast nichts gelernt und mancher verfährt nach dem Prinzip: Rette sich, wer kann. Die Kommission in Brüssel hat mit Genehmigung des Energieministerrats jetzt jedenfalls einen Krisenplan, der die Last auf alle Schultern verteilt, erarbeitet, falls uns das Öl aus politischen Gründen einmal gesperrt werden sollte.

Als zweites Beispiel möchte ich Ihnen die Gleichberechtigung von Mann und Frau am Arbeitsplatz anführen, die in der Gemeinschaft bereits seit dem Jahre 1962 gültiges Recht ist, wie am 8. April 1976 einer mutigen belgischen Arbeitnehmerin durch Urteil des Europäischen Gerichtshofes bescheinigt wurde. Die höchsten Richter erklärten, daß sich jede Privatperson direkt auf dieses europäische Recht vor den Gerichten in den neun Partnerstaaten berufen könnte.

Europa ist für viele, die in ihrem nach dem verlorenen Kriege himmelhochjauchzenden Enthusiasmus es schon nahe glaubten, zu einer Utopie geworden, die am Egoismus der Nationalstaaten gescheitert ist. Sie haben vergessen, wie lange es gedauert hat, bis das Deutsche Reich zusammengewachsen war. Für andere ist es eine technokratische Bürokratie, deren Handlungen man noch weniger verstehen kann als die der eigenen Staaten. Aber hier müssen ja nicht Bundesländer, was schwierig genug ist, hier müssen die Regierungstätigkeiten souveräner Staaten koordiniert werden, wobei einer, England, nur zu gern aus der Reihe tanzt.

Wir müssen uns wieder darüber klarwerden, warum Europa,

dem langwierigen Einigungsprozeß zum Trotz, unsere große, unsere einzige Chance ist. Der berühmte Schweizer Nationalökonom Röpke hat einmal in bezug auf die Schweiz geschrieben: „Die Schweizer Union ist eben nicht durch die Fusion der Schweizer Käsereien entstanden, sondern durch die tragfähige politische Idee, einen Bundesstaat zu schaffen." In ihm leben heute viele Sprachgruppen mit unterschiedlicher Geschichte zusammen, und jede hat ihre Besonderheiten eingebracht.

Auch Europa darf kein Eintopf werden. Der Reichtum der europäischen Zivilisation muß erhalten bleiben. Aber wir können ihn nur gemeinsam bewahren, mit Toleranz füreinander, mit Einigkeit nach außen.

Wenn Sie in die Politik einsteigen wollen: hier ist es im Zuge der europäischen Wahlen für ein direkt gewähltes, europäisches Parlament am einfachsten. Schließen Sie sich einem der zahllosen Europakomitees in Ihrer Stadt, Ihrer Gemeinde an. Hier lernen Sie die Technik der politischen Arbeit, das Gespräch mit den Mitbürgern, das Werben für eine große Idee. Nur durch Sie als Mitarbeiter und Wähler erhält das Europäische Parlament die Legitimation, für Ihre Sache zu kämpfen, indem es die Regierungen kontrolliert. Europa darf kein Traum von Utopisten und Idealisten bleiben, es muß Wirklichkeit werden. Das verlangt Opfer von allen, insbesondere von den reicheren Ländern, also auch von uns. Aber das Ziel, Europa als friedliche Heimat für seine Völker, lohnt die Mühe.

Ihre Hanna Walz

Hanna Walz, geb. am 28. November 1918 in Templin (Uckermark). Berlinisches Gymnasium zum Grauen Kloster. Studium der Staats- und Rechtswissenschaften in Tübingen und Berlin, 1940 Staatsexamen. 1940–1943 wissenschaftliche Assistentin an der Berliner Universität. 1941 Heirat. Nach dem Krieg in Stuttgart in der Redaktion des „Deutschen Allgemeinen Sonntagsblattes" tätig. 1948 Promotion. 1950–1954 als Bibliothekarin am Ökumenischen Rat der Kirchen in Genf. Seit 1954 in Fulda; schriftstellerische Tätigkeit.

1956 Stadtverordnete der CDU in Fulda. 1958 im Landesvorstand und Mitglied des Hessischen Landtages, seit 1962 im Fraktionsvorstand. Seit 1967 stellvertretende Landesvorsitzende der CDU in Hessen. Mitglied des Bundestages seit 1969. Mitglied des Europarates seit 1970; Mitglied des Europäischen Parlaments seit 1973. Seit 1977 Vorsitzende des Ausschusses für Energie und Forschung des Europäischen Parlaments.

MARIA WEBER

Mut – Beharrlichkeit in der Sache und sich dem Wettbewerb stellen, auch wenn die Chance gering scheint

Liebe Kollegin,

ich danke Dir für Deinen Brief und das beiliegende Protokoll über Eure Zusammenkunft von Kolleginnen, die in Kreisfrauenausschüssen des DGB tätig sind. Das Protokoll spiegelt eine zum Teil kontroverse Diskussion darüber wider, warum es wichtig ist, daß Frauen sich in gewerkschaftlichen Funktionen engagieren, welche Chancen sie haben, in öffentliche Funktionen zu gelangen, ob es sich lohnt, Mühen dafür auf sich zu nehmen und Widerstände zu überwinden. Deiner Bitte, aus meiner Sicht und Erfahrung über 30jähriger Gewerkschaftsarbeit zu diesen Fragen Stellung zu nehmen, will ich gerne nachkommen.

Daß es der Ermutigung von Frauen, Funktionen zu übernehmen, bedarf, verweist auf ihre von Benachteiligung und Diskriminierung bestimmte gesellschaftliche Lage. Denn niemand fiele es ein, Männer zu ermutigen. Es gilt als selbstverständlich, daß Männer bereit sind, Funktionen zu übernehmen, Verantwortung zu tragen und sich öffentlich zu exponieren. Die traditionelle Festlegung der Frau aufs Haus, aufs Private bildet den Hintergrund, auf dem die Notwendigkeit zur Ermutigung überhaupt erst entstehen kann. Zugleich ist aber gerade ihre gesellschaftliche Benachteiligung der Grund, weshalb ihr und ich uns gewerkschaftlich engagieren.

Der Wunsch, Gerechtigkeit herzustellen, auch dem Schwächeren zu seinem Recht zu verhelfen und das Wissen, dazu die Möglichkeiten zu haben, sind für meine gewerkschaftliche Arbeit immer die Triebfeder gewesen. Beides begründet gewerkschaftliches Engagement, begründet Engagement für Frauen, begründet auch den Mut zur Öffentlichkeit, die Bereitschaft, öffentliche Funktionen zu übernehmen.

Die ersten Impulse, in diesem Sinne tätig zu werden, erfuhr ich in der Familie und in der katholischen Jugendbewegung, in der ich bereits mit 13 Jahren verantwortlich tätig war. 1938 wurde die bündische Jugend verboten. Ich erlebte in jener Zeit viele Beispiele einer Willkürherrschaft, entwürdigende und demütigende Situationen, die nachhaltig meinen Willen bestärkt haben, Rechtlosigkeit und Benachteiligung zu überwinden.

Während der NS-Zeit war es lebensgefährlich, sich dafür einzusetzen, und ich konnte mich gegen Kriegsende selbst nur mit Hilfe Gleichgesinnter der Verfolgung entziehen. Zur Gewerkschaft stieß ich gleich nach dem Krieg, als die Gewerkschaften wieder gegründet wurden. Ich machte damals die Erfahrung, daß sich ein Arbeitskollege für einen anderen einsetzte. „Ich mach das für dich", hörte ich ihn sagen und erlebte, wie er sich gegenüber einem Meister behauptete, damit seinem Kollegen Gerechtigkeit widerfuhr. Ich habe diesen Kollegen gefragt, wie er dazu komme, sich so einzusetzen und habe erfahren, daß er gewerkschaftlicher Vertrauensmann war. Ich bin daraufhin Mitglied der IG Chemie, Papier, Keramik geworden und habe mich an der Gewerkschaftsarbeit beteiligt. 1946 habe ich zu den ersten Betriebsratswahlen erfolgreich in meinem Betrieb kandidiert, in dem 3500 Männer und 175 Frauen beschäftigt waren.

Die Übernahme der Funktion ergab sich zwangsläufig aus dem Anliegen, für das ich mich engagierte. Auch in der von Euch geführten Diskussion wird deutlich, daß sich aus Euren Engagements im Betrieb und in der Gewerkschaft einige Funktionen fast zwangsläufig ergeben: Vertrauensfrau, Ortsfrauenausschuß, Delegierte zur Vertreterversammlung. Für manche von Euch ergab sich sogar in kurzer Zeit eine gewisse Ämterhäufung. Schwierigkeiten, Widerstände und unterschiedliche Einschätzung der Chancen werden erst bei der Frage sichtbar, ob Frauen sich die Übernahme von höheren Funktionen zutrauen können, vor allem solche, wo wir nicht unter uns, also in Frauenausschüssen, sind, und wo wir uns öffentlich exponieren. Aus einigen Äußerungen klingen Zweifel an, ob Ihr Euch eine Kandidatur zum Betriebsrat, zum Kreisvorstand, zum Bezirksvorstand zutrauen könnt.

Nun, niemand, auch Männer nicht, werden in eine bestimmte Funktion hineingeboren. Spitzenpositionen stehen in der Regel nicht am Anfang, sondern am Ende einer beruflichen oder politischen Laufbahn. In beiden Bereichen ist Einarbeitung notwendig, sie ist sogar in jeder neuen Funktion und auf jeder neuen Ebene notwendig.

Mit jeder neuen Funktion, die ich übernommen habe, habe ich neue Arbeitstechniken und den Umgang mit neuen Gruppen gelernt sowie mich in neue Aufgaben und Problemstellungen eingearbeitet. Andererseits bedeutet jede neue Funktion nicht einen völligen Neuanfang. Die gemachten Erfahrungen und das erworbene Wissen nimmt man ja mit. Die Erfahrungen, die ich als Betriebsrat im Umgang mit der Geschäftsleitung machte, konnte ich verwerten, als ich vier Jahre später beim DGB-Bundesvorstand hauptamtlich in der Abteilung Frauen tätig wurde und mir in staatlichen Kommissionen und Ausschüssen der Selbstverwaltung nicht eine Geschäftsleitung, sondern der Vertreter des Arbeitgeberverbandes gegenübersaß.

Die Übernahme neuer Funktionen und die Weiterqualifizierung für diese waren wechselseitig. Natürlich erleichtert eine gute Schul- und Berufsbildung die Einarbeitung in neue Funktionen. Gerade in diesem Punkt sind heute die Voraussetzungen für Frauen besser als in der Zeit, als ich ins Berufsleben trat. Aber wir sollten uns auch vor einer Überbewertung formaler Bildungsabschlüsse hüten. Wissen und Erfahrung gehören immer zusammen, um im Beruf wie in der Politik die anstehenden Aufgaben zu bewältigen.

Für den politischen Bereich sind Berufserfahrungen von unschätzbarem Wert. Hier lernt man Arbeitsabläufe und Organisationsschemata kennen, die denen in der Politik ähnlich sind. Wie es in einem Verwaltungsapparat zugeht, nach welchen Spielregeln er abläuft, wie Entscheidungsprozesse organisiert werden – das alles sind Erfahrungen, die man im politischen Bereich braucht. Es geht aber auch nicht ohne Wissen ab. Als ich 1946 in den Betriebsrat gewählt worden war, habe ich dies besonders gespürt. Daraufhin habe ich mir 1947/48 das nötige Grundwissen durch ein Studium an der Akademie der Arbeit angeeignet. Leichtgefallen ist mir der Wechsel vom Labortisch zum Hörsaal nicht. Aber diese Schwierigkeiten hatten mit mir 40 Kollegen und Kolleginnen zu bewältigen. Gerade im gewerkschaftlichen Raum sollten die Kolleginnen die vielfältigen Möglichkeiten der gewerkschaftlichen Bildungsarbeit nutzen, um sich für die gewerkschaftlichen Funktionen zu schulen und zu qualifizieren.

Es erfüllt mich noch heute mit Stolz, daß ich nach dem Besuch der Akademie in meinem alten männerbestimmten Betrieb mit nur wenigen Stimmen unter der Stimmenzahl des Vorsitzenden zur stellvertretenden Betriebsratsvorsitzenden gewählt worden bin. Betriebsratswahlen wurden damals noch als Persönlichkeitswahlen und nicht als Listenwahlen durchgeführt.

Es sind jedoch nicht so sehr die Zweifel an der eigenen Befähigung für größere gewerkschaftliche Funktionen, die in dem Protokoll Eurer Zusammenkunft zum Ausdruck kommen als vielmehr Ärger, Unmut und Verbitterung darüber, daß eine Reihe von Kolleginnen trotz ihrer Bereitschaft, ins Rampenlicht der Öffentlichkeit zu treten und trotz entsprechender Qualifikationen für gewerkschaftliche Funktionen nicht zum Zuge gekommen sind. Mit zum Teil fadenscheinigen Argumenten wurden sie bei Kandidatennominierungen übergangen. Andere stießen auf massiven Widerstand von Männern. Die unzureichende Vertretung der Kolleginnen in den Entscheidungsgremien der Gewerkschaften und des DGB ist nicht zu übersehen.

Du weißt, daß ich das Problem der Unterrepräsentation der Frauen in gewerkschaftlichen Funktionen auch in meinem mündlichen Geschäftsbericht auf dem letzten DGB-Kongreß deutlich angeprangert habe.

Ich stimme Dir zu, wenn Du feststellst, daß viele Männer sich schnell als Versager sehen, wenn sie in einer Wahl durchfallen. Manche gehen deshalb dieses Risiko erst gar nicht ein, sondern sichern ihre Kandidatur nach allen Seiten ab. Den größeren Mut beweisen hier zweifellos Frauen, die trotz zweifelhafter, oft sogar negativer Chancen kandidieren, um Positionen und Funktionen kämpfen.

Deine Bitte um Ermutigung hättest Du deshalb nicht nur an eine Kollegin richten sollen, „die es geschafft hat", sondern auch an eine der vielen Kolleginnen, die sich seit Jahren um verantwortliche Funktionen bemüht haben und dennoch nicht zum Zuge kamen. Viele von ihnen haben trotzdem nicht aufgegeben, sich für die Interessen der Frauen einzusetzen.

Sich trotz geringer Chancen dem Wettbewerb zu stellen, ist unabdingbar, denn ohne den Nachweis ihrer Bereitschaft, öffentliche Funktionen übernehmen zu wollen, würden die Frauen am Ende selber glauben, was Männer ihnen oft so gerne einzureden versuchen, daß es nämlich an ihnen selbst liege, wenn sie nicht erfolgreicher sind. Eure Diskussion hat ja gezeigt, daß einige Kolleginnen tatsächlich diese Meinung teilen. Wenn ich mir allein die ständig gestiegene Zahl der Betriebsrätinnen ansehe, so wird doch deutlich, daß dies nur deshalb erreicht wurde, weil wir einerseits die Benachteiligung der Frauen, ihre Ungleichbehandlung, ihre Unterrepräsentation immer wieder sichtbar gemacht und so Druck ausgeübt haben, weil wir andererseits die Kolleginnen ermutigt und qualifiziert haben. Qualifikationen, unablässiger Druck, nachhaltige Mobilisierung von Mitstreitern sowie manchmal auch die Ausnutzung glücklicher Umstände sind notwendig, um erfolgreich zu sein.

Mut ist deshalb meines Erachtens nicht so sehr eine Frage der Durchsetzungsfähigkeit und Selbstbehauptung, sondern des beharrlichen Festhaltens an der Sache, um die man streitet, des Wissens um die Notwendigkeit, dafür einzustehen. Die größte Gefahr in der von Euch geführten Diskussion scheint mir deshalb in den Beiträgen zu liegen, die an der Sache selbst zweifeln, die die Frage stellen, ob sich denn der Einsatz lohne, ob wir nicht nur oft vergeblich um Funktionen kämpfen, sondern auch vergeblich um gesellschaftspolitische Erfolge für Frauen. Die Kolleginnen haben hierzu gegensätzliche Meinungen vertreten.

Die einen verweisen darauf, daß die Gewerkschaften seit Jahrzehnten versuchen, die ungleiche Bezahlung von Männern und Frauen zu beseitigen, Männern vorbehaltene Ausbildungsberufe für Frauen zu öffnen, gleichwertige Bildungsabschlüsse in der Berufsausbildung und gleiche Bildungsinhalte in den allgemeinbildenden Schulen durchzusetzen, den Frauen gleiche Aufstiegschancen zu erkämpfen, womit nur einige Beispiele aus der langen Reihe ungleicher Chancen aufgezählt sind. Sie werten diese Fakten als negative Bilanz und scheinen geneigt, zu resignieren. Andere verweisen auf eine Vielzahl kleinerer Fortschritte und nehmen sie zum Anlaß, weiterzumachen, nicht aufzugeben.

Aus meiner Sicht haben hinsichtlich der Fakten beide Seiten Recht. Die Bewertung ist jedoch eine Frage des Maßstabes und der zeitlichen Dimension. Wenn ich an meine Zeit als Betriebsrätin zurückdenke, so war es damals wichtig und erfolgreich, wenn es mir gelang, den Kollegen und Kolleginnen Seifenscheine zu vermitteln, Arbeitsanzüge zu besorgen u.a. mehr. Darüberhinaus galt es für bessere Arbeitsbedingungen, Mitbestimmung usw. zu kämpfen. Dieser Doppelaspekt gewerkschaftlicher Arbeit, kurz- und langfristige Ziele zugleich anzustreben, gilt auch heute noch, und er gilt auch für abhängig beschäftigte Frauen. Betriebsrätinnen können viele Beispiele nennen, in denen es ihnen gelungen ist, die Arbeitsbedingungen und Berufschancen von Kolleginnen und Kollegen in ihrem Betrieb zu verbessern. Ohne die Möglichkeit, Veränderungen herbeizuführen und ohne entsprechende Erfolge wäre politische Arbeit in der Tat entmutigend.

Ich greife hier noch einmal auf meine eingangs beschriebene Erfahrung der NS-Zeit zurück. Damals waren die Menschen nicht nur rechtlos, sondern auch weitgehend machtlos, und zwar in allen Bereichen ihres Daseins. Heute haben wir eine Gesellschaftsverfassung, die Rechte verbrieft, und ein politisches System, das die Möglichkeiten eröffnet, soziale Gerechtigkeit durchzusetzen. Wir haben heute die Chance, unsere Vorstellungen zu verwirklichen. Dieser Feststellung widersprechen nicht die täglichen Erfahrungen, daß noch immer gegen den Grundsatz der Chancengleichheit der Geschlechter verstoßen wird. Auch unsere Verfassung formuliert eine Idee, die politisch, rechtlich, ökonomisch und sozial noch nicht überall verwirklicht worden ist. Diese Idee im Interesse der abhängig Beschäftigten und der Frauen umzusetzen, heißt, daß die Benachteiligten mehr Kraft und Stehvermögen aufbringen müssen als die Privilegierten und Mächtigeren.

Wenn ich die Situation der berufstätigen Frauen in der ersten Nachkriegszeit mit der heutigen vergleiche, dann sind Fortschritte für die Sache der Frauen unverkennbar. Damals galt Berufstätigkeit von Frauen als unerläßlich entweder, weil die Familie sonst nicht existieren konnte, oder weil Frauen allein für den Lebensunterhalt ihrer Familie bzw. für sich selbst aufkommen mußten. Zweifellos wurden diese Frauen damals bedauert. Heute hat sich das Bewußtsein zugunsten einer Berufstätigkeit der Frauen verändert, obwohl wir von einer selbstverständlichen Anerkennung noch immer entfernt sind. Ähnlich hat sich auch die Einstellung zugunsten einer guten Schulbildung und Berufsausbildung für Frauen verändert. Wir sollten uns heute auch noch einmal der Tatsache erinnern, daß damals nicht nur Bedauern auf seiten der Männer sondern auch Selbstmitleid auf seiten der Frauen gegeben war. In der NS-Zeit wurden Frauen nicht nur auf die häusliche Rolle fixiert (Mutterschaftskreuz, Muttertag), sondern sie lernten auch mit dem Widerspruch leben, dennoch in der Rüstungswirtschaft, im Arbeitsdienst hart arbeiten zu müssen. Während die Arbeiterinnen immer schon mit dem Widerspruch zwischen Rolle und Realität leben mußten, zerbrach in der Nachkriegszeit auch für die bürgerlichen Frauen die Idylle familiärer Geborgenheit. Auf diesem Hintergrund entstand zunächst die sogenannte 3-Phasen-Theorie, dann das Leitbild der Doppelrolle. Am Kern der Rollenteilung zwischen Männern und Frauen änderte sich dadurch nichts. Auch Gewerkschaften haben sich damals noch für einen Hausarbeitstag für Frauen und für Teilzeitarbeitsplätze eingesetzt. Diese Entwicklung war offenbar notwendig, um zu der Erkenntnis vorzustoßen, daß weder eine Anpassung der Frauen an Verhaltensweisen der männlich geprägten Arbeitswelt noch das unveränderte Festhalten an der herkömmlichen Rolle des Mannes entscheidende Veränderungen für ihre Emanzipation bewirken, sondern erst die Aufhebung der Rollentrennung. Solche Veränderungen sind weder in einem Anlauf noch auf einen Schlag zu erreichen, und erst recht nicht durch Lamentieren und Wehklagen. Vielmehr gilt es Stück für Stück die gesellschaftlichen Bedingungen zu verändern. Die bisherigen Erfolge ermutigen uns dazu. Diskriminierende Regelungen im Bereich des Rechts sind weitgehend beseitigt. Hier sind vor allem die Änderung des § 1356 BGB und das Ehescheidungsrecht zu nennen. Die nächste große Änderung gehen wir im Bereich der Rentenversicherung an. In der Schulbildung sind durch die Verlängerung der Schulpflicht und durch größere Durchlässigkeit im Bildungssystem die Bildungschancen für Mädchen wesentlich verbessert worden. Chancengleichheit ist damit jedoch noch nicht erreicht.

Chancengleichheit heißt für mich nicht, daß eine Frau einen Beruf ausüben darf, sie muß ihn auch faktisch, praktisch ausüben können. Deshalb ist es für mich so wichtig, darüber nachzudenken, wie die soziale Chancengleichheit hergestellt werden kann. Entscheidende Ansatzpunkte dazu sehe ich zur Zeit in zwei Bereichen: in der Bildungspolitik z. B. durch die Einführung bzw. den Ausbau der Ganztagsschule und in der Beschäftigungspolitik durch die Verkürzung der Arbeitszeit, insbesondere der täglichen Arbeitszeit.

Wir können die ungleiche Rollenverteilung von Vätern und Müttern beklagen, neues Verhalten erreichen wir nur, wenn wir die Bedingungen unserer Gesellschaft dafür verändern.

Verbesserungen werden nicht über Theorien sondern über praktische Politik erzielt. Ich will damit weder den Erkenntniswert von Theorien infragestellen noch ziellosem Pragmatismus das Wort reden, sondern deutlich machen, daß es darauf ankommt, das jeweils Machbare auch versuchen durchzusetzen. Das Machbare zu erkennen, scheint mir wesentlich dafür zu sein, ob Verbesserungen zu erreichen sind. Vor diese Aufgabe sind wir täglich gestellt, und zu ihrer Lösung bedarf es strategischer Phantasie, Kenntnis der vorhandenen Durchsetzungsmöglichkeiten und vor allem Beharrlichkeit. Die Herausforderung, die in dieser Aufgabe liegt, ist groß, sie macht unsere Arbeit interessant und abwechslungsreich. Sie erfordert Hartnäckigkeit und Diplomatie, sie schließt die Fähigkeit ein, Konflikte einzuschätzen und auszutragen, selbst dann, wenn kein Erfolg absehbar ist. Politische Arbeit hält sich nicht an feste Arbeitszeiten und an Sonn- und Feiertage. Sie ist deshalb auch nur durchzuhalten, wenn wir uns gegenseitig unterstützen und wenn jeder einen privaten Raum hat, in dem er neue Kräfte sammeln kann. Wie eine jede Kollegin sich für die Sache der Frauen einsetzen kann, ist jedoch nach örtlichen und persönlichen Gegebenheiten verschieden. Aber es ganz zu tun und mit Überzeugung für das einzustehen, was wir für richtig halten, macht unsere Stärke und unseren Mut zur Öffentlichkeit aus und wird uns, dessen bin ich zutiefst sicher, auch gemeinsam den Erfolg bringen.

Deine Maria Weber

Maria Weber, geboren 1919 in Gelsenkirchen-Horst, Beruf: Schneiderin; 1939–1950 Tätigkeit in einem chemischen Großbetrieb zunächst als Telefonistin, dann als Werkstoffprüferin; seit 1945 Mitglied der Industriegewerkschaft Chemie, Papier, Keramik, 1946 freigestellte Betriebsrätin, später stellvertretende Vorsitzende des Betriebsrates, Mitarbeit im Ortsvorstand, Bezirksvorstand und Beirat der Industriegewerkschaft Chemie, Papier, Keramik; 1947/48 Besuch der Akademie der Arbeit.
1950 Aufnahme der hauptamtlichen Tätigkeit als Sachbearbeiterin in der Abteilung Frauen des DGB-Bundesvorstandes; seit 1956 Mitglied des Geschäftsführenden Bundesvorstandes des Deutschen Gewerkschaftsbundes; seit Juni 1972 stellvertretende Vorsitzende des Deutschen Gewerkschaftsbundes; als Vorstandsmitglied verantwortlich für die Abteilungen Frauen, Bildung und berufliche Bildung. Zahlreiche politische Funktionen und Ehrenämter.

HILDEGARD ZUMACH

Auch in der evangelischen Kirche: Öffentlich oder privat bleibt eine Frage

Liebe Friederike,

als wir neulich zusammen waren, mußtest Du leider zu einer Probe, als unser Gespräch an einem Punkt angekommen war, der mich seither besonders beschäftigt. Deswegen schreibe ich Dir heute. Ich hatte mir lange überlegt, ob es eigentlich stimmt, was Du meintest, daß „Öffentlichkeit" für Deine Generation, für Deine Kommilitoninnen an der Musikhochschule und für Dich selbst „überhaupt kein Problem" sei. Du hast etwas verwundert zugehört, als ich Dir erzählte, wieviel Überwindung es mich gekostet hat, öffentlich reden zu lernen (das hast Du mir fast nicht abgenommen, weil ich es inzwischen ganz gut gelernt habe). Zur Öffentlichkeit, meintest Du, „brauchen wir keinen Mut: wir vertreten unsere Meinung, ohne von besonderer Ehrerbietung gegenüber Personen oder Institutionen eingeschränkt zu sein". Demonstrationen sind für Euch selbstverständlich, und Du hast von Deiner besonderen Erfahrung im letzten Sommer berichtet, als es Euch soviel Spaß gemacht hat, auf Straßen und Plätzen im In- und Ausland zu musizieren. Als Du das sagtest, wurde mir einmal mehr deutlich, in welcher Freiheit Ihr aufgewachsen seid und leben könnt. Vielleicht ist es deshalb ein bißchen mühsam für Dich, wenn ich jetzt ein wenig ausholen muß, um Dir deutlich zu machen, was ich mit „Öffentlichkeit" meine. Du hast Deinen Großvater noch gekannt. Wenn er sonntags auf die Kanzel stieg und zu vielen Leuten längere Zeit alleine reden durfte, mag Dir das als Kind eine Vorstellung von „Öffentlichkeit" vermittelt haben, die Dir imponierte. Heute betrachtest Du das sicher auch kritisch. Ich habe das als Kind auch so erlebt und habe – das weiß ich noch ganz genau – ziemlich plötzlich gemerkt, daß „Öffentlichkeit" nicht einfach die Bühne ist, auf der alle alles spielen dürfen. Dazu gehört in der Tat kein Mut.

Damals gab es *eine* öffentliche Meinung. Der Staat schrieb vor, wie gedacht, gelebt, geglaubt werden sollte. Wer dem nicht widersprach, lebte einigermaßen unbehelligt, im Einklang mit der „öffentlichen Meinung". Ich habe Dir mal erzählt, daß wir damals auch eine staatliche Jugendorganisation hatten, die „Hitlerjugend". Wenn ich als Pfarrerskind sonntags in die Kirche gehen mußte, während gleichzeitig alle Klassenkameradinnen und Freundinnen in die Hitlerjugend gingen, habe ich begriffen, daß zur „Öffentlichkeit" der Kirche Mut gehört. Ich muß das vielleicht näher erläutern: Da, wo das Evangelium in den Kirchen gepredigt und nicht verschwiegen wurde, daß man „Gott mehr gehorchen muß als den Menschen", wurde dem Staat öffentlich sein Alleinherrschaftsanspruch bestritten. Dazu gehörte Mut, und Du hast sicher in der Schule davon gehört, daß viele Menschen in Kirchen und Parteien und anderswo diesen Mut mit dem Leben bezahlt haben. Seitdem hat für mich Öffentlichkeit mit Risiko zu tun und mit persönlichem Einsatz. Als ich nach dem Krieg studierte und in die Studentengemeinde ging, habe ich vollends begriffen, daß Kirche nur Kirche für die *Welt* sein kann, d. h., daß Christen diesen öffentlichen Auftrag haben. Die Erfahrungen dieser Zeit sind nach meinem Eindruck später von der Kirche im ganzen und von den einzelnen Christen nur teilweise aufgenommen worden. Du weißt, wie es bei mir weiterging: ich habe nach kurzer Berufstätigkeit geheiratet, und das bedeutete: ich war im Privaten untergetaucht. Die Erwartungen der Familien, der Freunde und die eigenen Vorstellungen gingen in die Richtung, daß es für eine Frau das Wichtigste – weil ihr Gemäße – sei, sich im häuslichen Bereich zu bewähren. Mit diesem Lernen war ich in der Tat über Jahre hinaus auch ausreichend beschäftigt. Ich habe nur nie recht begriffen, warum die vielen Frauen, von denen ich wußte, daß sie im Kriege die Männer im Beruf vertreten hatten, auch wieder in den „privaten" Bereich der Familie zurückkehren mußten – „durften?" Das Öffentliche und das Private blieben getrennt wie ehedem; dort walteten die Männer, hier wirkten die Frauen. Ich habe mir oft überlegt, ob das seine Ordnung hatte und wenn ja, woher.

Ich muß noch einmal auf Deinen Großvater kommen. Du weißt, daß er ein aufmerksamer Zeitungsleser war. Dieses Interesse für das Öffentliche, für die „res publica" war auch in mir früh geweckt, und ich sehe mit Vergnügen, daß dieses Erbteil auch an Dir nicht ganz spurlos vorübergegangen ist. Als Kind habe ich mich nie darüber gewundert, daß meine Mutter keine Zeitung las. Ich fand das in der Ordnung: in der politischen Klugheit und Besonnenheit des Vaters war sie gut aufgehoben. Und weil mein Vater eine so geachtete Stellung als Pfarrer hatte, fand ich es auch gut, daß sich die Frauen in der Kirche nach den Männern richteten. Die Männer predigten, die Frauen hörten zu. Die Männer trieben Theologie, die Frauen nahmen es – bis auf wenige Ausnahmen – hin. Die Männer waren die Hirten, die Frauen ...? Als ich eines Tages in den fünfziger Jahren aufgefordert wurde, im Presbyterium, das heißt ja in unserer evangelischen Kirche in der Gemeindeleitung, mitzuarbeiten, habe ich das eigentlich mehr aus Neugier getan. Natürlich fühlte ich mich auch geehrt, daß ich gefragt worden war. Es war das erste Mal in unserer Gemeinde, in der Du getauft worden bist, daß eine Frau berufen wurde. Ich habe später noch öfter in Männergremien die gleichen Erfahrungen gemacht und möchte gerne, wenn Du noch ein wenig Geduld zum Weiterlesen aufbringst, versuchen, zu sagen, was ich dabei begriffen habe: Mut zur Öffentlichkeit ist die Bereitschaft, vorhandenen Erwartungen nicht um jeden Preis zu entsprechen. Vor die Bewertung der Sachbeiträge haben die Männer die Bewertung der „Weiblichkeit" gesetzt. Mir fällt dabei eine unserer fähigsten Politikerinnen ein, von der ein Bürgermeister nach ihrem klaren Plädoyer gegen die Einführung einer neuen Schulform sagte: „Die Frau ist toll, aber heiraten möchte ich sie nicht."

Ich komme noch einmal darauf zurück, ob dies vielleicht bei Eurer Zurückhaltung gegenüber öffentlichem Engagement auch eine Rolle spielt. Vielleicht hast Du überhaupt nur bis jetzt weitergelesen, weil ich Deine Mutter bin? Aus einer Bemerkung, die Du neulich machtest, habe ich entnommen, daß für viele junge Frauen Deiner Generation die Öffentlichkeit im Sinne von Mitwirkung „scheißegal" ist. (Ich habe mich inzwischen mit diesem Passepartout-Wort abgefunden.) Ihr sagt, daß Ihr Euch nicht dafür interessiert, und das macht mir im Blick auf Eure Zukunft Sorge. Manchmal kommt es mir so vor, als sei es heute gerade umgekehrt wie damals, als ich in Deinem Alter war. Wir sollten mit Haut und Haaren für den Staat dasein, alle private Existenz war darauf auszurichten, er sollte alles bestimmen – das war pervers. Aber aus Euren Reden höre ich manchmal heraus, daß der Staat nur für Euch da sein soll – das ist verhängnisvoll. Ich weiß, daß Ihr allen Zwang ablehnt, darin haben wir Dich auch immer unterstützt. Aber ich kann auch nicht erkennen, daß Ihr eine andere Beziehung als die der Abwehr – ja manchmal kommt es mir wie Nichtachtung vor – habt. Wo engagiert Ihr Euch für die „res publica"? Manchmal denke ich selbst, daß Ihr recht habt, wenn Ihr Euch der lautlos funktionierenden Bürokratie einfach entzieht oder es zumindest versucht, sie hat Euch ja in ihrer Gewalt. Ihr erlebt sie als nicht beeinflußbar, schon gar nicht von Euch Jungen. Ihr fühlt Euch oft als Opfer eines unheimlichen Räderwerkes. Viele Deiner Freunde haben darauf nur eine Antwort: der Bürokratie eins auswischen, wo es nur geht, und Ihr seid gar nicht zimperlich und oft mit allerlei Rechtfertigungstheorien bei der Hand, wenn Ihr dem Staat wieder mal ein Schnippchen geschlagen habt. Mich beunruhigt dabei eigentlich nur, daß ihr so wenig über die Zusammenhänge nachdenkt. Freilich würdet Ihr dann auch der Zwänge ansichtig, mit denen ein modernes Staatswesen leben muß – ich will beileibe nicht der Anpassung das Wort reden –, aber Ihr könntet unterscheiden lernen zwischen dem, was veränderbar ist und in der Tat geändert werden muß, und dem, was als unabänderlich hinzunehmen ist – ohne Resignation! Aber Ihr betrachtet den Staat als anonymes Wesen, und Ihr wollt ja auch anonym bleiben. Neulich habe ich von einer jungen Studentin, die etwas mehr politisches Bewußtsein hat als Du derzeit, gehört, daß sie sich in unserem Staat um ihre Freiheit betrogen fühlt, weil Verfassungsnorm und Verfassungswirklichkeit so weit voneinander entfernt sind, daß sich der Kampf, der immer nötig ist, damit die Wirklichkeit auf die Norm bezogen bleibt, für sie nicht mehr zu lohnen schien. Viele denken so, ich weiß das. Also abwandern – ins Privatleben, in den Beruf, ins Ausland oder in die Resignation? Die Versuchung ist – weiß Gott – groß. Woher sollte der Mut auch kommen, ihr nicht nachzugeben? Kann es überhaupt einen Sinn haben, nicht zu flüchten? Sich um das „Ganze" zu kümmern und nicht nur um das Eigene, Private?

Ich habe begriffen und wünschte, Du könntest diese Erfahrung auch machen, daß der Staat und die Kirche vom Engagement ihrer Glieder leben. Wenn Du Dich in der Kirche ein wenig besser auskenntest, würdest Du mir jetzt vielleicht entgegnen:

„Aber das stimmt doch nicht, die Kirche wird nicht von Menschen, sondern von Gott erhalten." Sie ist in Verkündigung und Sakrament auch ohne uns „da", und es ist ihr verheißen, daß sie nicht untergeht. Eigentlich bin ich froh, daß Du so *nicht* reden kannst. Natürlich bekümmert es mich manchmal, daß Du überhaupt keine Notiz von der Kirche zu nehmen scheinst. Ich vermute, das hat damit zu tun, daß das Evangelium nicht mehr „öffentlich" ist. Viele der öffentlichen Erklärungen unserer Kirche in den letzten Jahren blieben wirkungslos, weil sie nicht mutig waren. Diejenigen, die es waren, waren eindeutig. Sie nahmen nicht Stellung, sondern Partei. Und viele Menschen, denen die Kirche längst gleichgültig geworden war, gewannen wieder Zutrauen, weil sie spürten, daß sie für die Menschen da ist. Die Kirche gewinnt Gestalt, wenn sie den Mut hat, Jesus nachzufolgen. Du kannst das verfolgen - immer, wenn sie mutig spricht, ist sie von selbst öffentlich. Und wo sie öffentlich ist, ohne mutig zu sein, findet sie kein Gehör.

Ich merke, ich habe mich jetzt ein wenig in Fahrt geschrieben und sollte doch bedenken, daß ich Dir als junger Frau „Mut zur Öffentlichkeit" machen sollte. Zum Glück gibt es in der Geschichte und Gegenwart genug Beispiele dafür, daß Mut keine geschlechtsspezifische Angelegenheit ist. Trotzdem scheinen mir die Hürden für Frauen aufdem Weg zu öffentlichem Engagement viel höher zu sein. Gerade auch in unserer Kirche gibt es Stimmen, die es eigentlich bedauern, daß heute so viele Frauen am Erwerbsleben teilnehmen. Noch kürzlich hat ein Kirchenführer es eine „stille Revolution" genannt, daß in unserer Generation den Frauen der Zugang zur Arbeitswelt in einer noch vor einer Generation unvorstellbaren Weise eröffnet worden ist. Und es sieht manchmal so aus, als ob die Arbeitsmarktpolitik und die Familienpolitik Instrumente sind, die die Frauen daran erinnern sollen, daß ihr eigentlicher Platz eben nicht draußen, sondern „drinnen" ist. Familie, Erziehung, Geborgenheit als Domäne der Frauen – Öffentlichkeit, Leiten und Regieren als das eigentliche Gebiet des Mannes. Du weißt, daß ich mich schon oft leidenschaftlich gegen solche Festlegungen gewehrt habe – gerade auch dort, wo sie implizit erfolgen. Dabei habe ich selber auch ein Stück „Öffentlichkeitserfahrung" machen können. Der Wind steht einem oft im Gesicht, und man merkt, daß man Bundesgenossen braucht - und hat! Wir sind für uns allein ja gar nicht immer so sicher, ob nicht diejenigen recht haben, die meinen, es ginge einer Frau, die „ihre Rolle“ nicht mehr spielen will, viel von ihrer Weiblichkeit verloren. Gerade daran aber merke ich, daß wir uns „einüben“ müssen in öffentliche Verantwortung, nur so können wir die eigene Unsicherheit überwinden und uns und anderen zu der Erkenntnis verhelfen, wieviel bewußte und unbewußte Manipulation im Spiel ist, wenn die Rollen von Männern und Frauen festgelegt werden. Mir fallen dabei gar nicht nur die „bösen“ Werbemanager ein!

Du hast mir neulich mal von Deinen Erfahrungen in der Jugendgruppe Deiner Partei erzählt: wie selbstverständlich es Deinen männlichen Genossen ist, daß Ihr die „Frauenarbeit“ – Kaffeekochen etc. – übernehmt und sie für die Strategie zuständig sind. Vor Jahren habe ich Dir mal ein Heft mit dem Titel „Frauen, eine Mehrheit als Minderheit“ in die Hand gegeben. Ich weiß nicht, ob Du es je gelesen hast. Mich beschäftigt seither die Frage, warum sich Frauen immer wieder als Minderheit verhalten und behandeln lassen. (Ich weiß übrigens gar nicht, ob die Dominanz der Männer mit einem „Mehrheitsbewußtsein“ zu tun hat.) Und warum es immer wieder gelingt, daß Männer in der Öffentlichkeit ihre Mehrheiten herstellen können! Ich muß zum Schluß kommen. An einem liegt mir noch: Dir zu sagen, warum ich so überzeugt bin davon, daß Frauen sich öffentlich engagieren müssen – und es ist hier gleich, ob in Kirche oder Gesellschaft: Unsere Welt ist nicht als Männerwelt geschaffen. Sie braucht nötiger als je die gestaltenden Kräfte von Männern und Frauen. Sie ist arm, weil sie nur halb ist, wenn die Frauen ihre Phantasie, ihren Mut und ihre Kräfte, die anders sind als die der Männer, nicht auch in das öffentliche Leben einbringen. Es ist verhängnisvoll, weil es wider den Schöpfungsauftrag Gottes ist, wenn wir seine Welt in Reservate für Männer und Frauen aufteilen! Zum Glück entdecken auch immer mehr Männer, daß sie sich auch um wesentliche Erfahrungen für ihr Menschsein bringen, wenn sie den Frauen den „privaten“ Bereich von Familie und Haus überlassen. Ich will nicht verschweigen, daß mich oft die Versuchung packt, alles Öffentliche seinen Gang gehen zu lassen und „privat“ zu leben. Dagegen hilft mir eigentlich nur zweierlei: die Einsicht, daß es sehr bald zu Ende sein würde mit dem „Privaten“, und mein Glaube, daß Christen den Auftrag, ihre Welt zu gestalten, nicht zurückgeben können. Laßt Euch nicht von den falschen Propheten einreden, daß die Frau nicht in die Öffentlichkeit gehört. Unsere Gesellschaft, unser Staat und unsere Kirche brauchen Euren Mut. Ihr habt es in der Hand, wie die Welt von morgen aussieht, überlaßt sie nicht den Männern allein, gestaltet sie mit. Ich freue mich darauf, wenn Du wieder hier bist und wir weiterreden können.

Bis dahin! Deine Mutter

HILDEGARD ZUMACH, geb. 12. 9. 1926. Studium der ev. Kirchenmusik an der Staatl. Hochschule Köln. Staatsexamen 1949, $2^1/_2$ Jahre berufstätig. Heirat 1952 mit Hans H. Zumach, Textilkaufmann. Kinder 1954, 1955, 1957.
Ehrenamtlich tätig im Vorstand der Ev. Akademikerschaft i. D., in Kirchenvorständen, seit 1970 Vorsitzende der Ev. Frauenarbeit in Deutschland. Seit 1977 hauptamtliche Generalsekretärin. Mitglied des Präsidiums der EKD-Synode, des Zentralausschusses des Weltkirchenrates. Vorsitzende der Bundesarbeitsgemeinschaft ev. Familienbildungsstätten und des deutschen Komitees des Weltgebetstages der Frauen.